一位记者眼中的中国城市化

一张新闻纸上的基层大转型

重新发现平湖

媒体眼中的平湖20年

唐毅 著

南方日报出版社
NANFANG DAILY PRESS
中国·广州

图书在版编目（CIP）数据

重新发现平湖 ：媒体眼中的平湖 20 年 / 唐毅著.
— 广州 ：南方日报出版社，2013.11
ISBN 978-7-5491-0790-2

Ⅰ. ①重… Ⅱ. ①唐… Ⅲ. ①新闻报道－作品集－中国－当代 Ⅳ. ①I253

中国版本图书馆 CIP 数据核字(2013)第 042413 号

重新发现平湖——媒体眼中的平湖 20 年　　唐毅 著

出版发行：南方日报出版社
地　　址：广州市广州大道中 289 号
电　　话：（020）83000502
经　　销：全国新华书店
印　　刷：广州市怡升印刷有限公司
开　　本：32
印　　张：7.25
字　　数：180 千字
版　　次：2013 年 11 月第 1 版
印　　次：2013 年 11 月第 1 次印刷
定　　价：28.00 元

投稿热线：（020）83000503　**读者热线**：（020）83000502

网址：http://nf.nfdaily.cn/press/

序言

中国城镇化研究的典型个案

倪鹏飞

随着全球化和全球城市时代的到来，城市之间、城市内部的竞争日益激烈，提升城市竞争力，成为越来越多地区和城市的区域政策的中心。当前，在新型城镇化成为国家一项重要政策的大背景下，城镇化在中国各地将进一步纵深推进。从2011年开始，中国城镇人口占总人口的比重首次超过50%，这标志着中国发展进入了一个新的成长阶段，城市化成为继工业化之后推动经济社会发展的新引擎。

总的来说，中国未来的城市化应该是一种新型的城市化。从目标上来说，它应该是一个全面的，经济、社会、文化均衡协调的发展目标；从发展道路上来说，城市化不能仅仅依附于工业化，应该说城市化和工业化两者并驾齐驱；从动力上来说，要有高端要素的推动，从过去单纯土地的城市化要进入到人的城市化。从某种意义上来说，如何协调好新型城镇化和速度和质量，对城市、城镇进行从容建设，是未来工作推进中的另一个挑战。

近年来，由于制度方面、生产要素的诸多瓶颈，中国东部局部地区的竞争力，在这十年来的经济发展与产业提升较为缓慢。在新型城镇化纵深推进的新阶段，先行发展起来的东部沿海地区在经济发展的动力、产业的层次上的积聚和跃升，应该成为东部局部地区一个亟待重视的命题。

《重新发现平湖：媒体眼中的平湖20年》一书所写的——地处中国改革开放前沿的广东深圳平湖，可以认为是当前城市化发展的典型微观个案。在该书中，作者通过踏实的实地走访、大量的调研访问，以“两说”、“两论”的形式，写成了《平湖四章》4篇凝练而不乏洞见的文章；城市转型中对于文化传统与创新的关注和抉择，则是《文化之乡》章节里探讨的话题；传统意义上的“村”，在城市化转型后变为“社区”，这一特殊经济体在改革开放进程中的变化之路，成为《村社之变》的主要内容；在《转型之思》的章节中，作者深入而生动了勾勒出一个南方基层镇街艰难的转型过程；中国城镇化的推进过程中，基层社会与城镇治理是不容忽视的一环，这是该书《治理之新》篇章里提出的思考。

将深圳平湖置于中国城镇化背景下进行考察，透过这个基层样本的路径分析，正是《重新发现平湖：媒体眼中的平湖20年》的意图所在，也让其成为中国城镇化政策实践的良好借鉴。我认为，对于深圳龙岗平湖这一主动寻求跨越、升级的微观样本，通过媒体的视野来解读、分析和观照具体区域的发展路径，是一种有别于学界的独特思路，彰显出媒体不可或缺的社会责任，更为重要的是，它所提供的这份独特的传媒观察，非常有益于珠三角的基层研究，也有益于人们对于中国城镇化的认识和理解。

对于中国城镇化及城市竞争力的研究，希望作者未来有更加广阔的视角来继续这项工作；立足于基层视角的城镇化转型经验，如果能够吸引更多专家、学者与社会有识之士的参与，那么对全国上下从容推动城镇化将大有裨益。

（作者系中国社科院城市与竞争力研究中心主任，中国城市竞争力报告课题组组长）

2013年9月

目录

贰 文化之乡

肆　转型之思

伍　治理之新

壹 / 平湖四章

1．深圳平湖样本的三重价值

深圳中部要冲地带偏北，站在平湖的制高点上眺望四方，一个传统地理书上的称谓——卫星城——迅即扑面而来：密密麻麻的工业厂房与林林总总的居民自建楼，难以理清的街区规划与线位错综复杂，城乡接合部的浓烈感受朝你袭来。

也正是这种真实而生动的图景，横亘在关注珠三角、关注中国城市化（城镇化）的众多决策者和观察人士眼中。这种场面代表着的，正是传统发展模式下的产物，是广东沿海先行发展地区自下而上的前一轮城市化浪潮的产物。

在这种景象中，却又孕育着新的契机，暗示着一种可以期待的未来：大拆的时代早已进行，规划与在建的旧城改造鳞次栉比，民间与商界人士看好平湖；在深圳市龙岗区区长姜建军的眼中，从平湖甚至看到了“前海”的影子。

作为广东珠三角地区的镇街样本，深圳平湖至少存在三方面的价值：其一，其30年来的发展模式、由先行到“被抛弃”再到今日的蓄势待发，其产业经济的起伏与城市转型的历程，为外界研究珠三角地区提供了一份珍贵的镜像，并为同类地区提供了众多启示。其二，平湖片区的定位与发展，是深圳市、龙岗区和镇街甚至包括村社共同作用和博弈下的结果，讨论它的种种现状与得失分析，是检视城市决策者卓越远见与重大战略的历史与现实依据之一。其三，平湖的片区与产业定位的不断调整变化，某种层面上也反映出深圳市决策群体对于基层片区发展政策的不稳定性与不确定性——固然有全局与细部的取舍，但以严谨、科学的态度对待片区功能与空间，是包括深圳市在内的珠三角地区各级政府应该遵循的重要法则。

“回顾平湖的历史，平湖人最引以为自豪的就是改革开放以来得风

深圳平湖是广东珠三角地区的镇街样本。

气之先，工商贸发展比较早；但是平湖现在面临的最大困难和问题，恰好就是因为它发展比较早，规划比较落后，产业低端，城市标准比较低；可是我们再展望一下平湖的未来，又发现平湖未来的希望所在，恰好因为它现在存在的问题和困难，比如产业低端，那我们的转型升级就大有文章好做，城市规划落后、建设标准低，那么城市更新也大有文章好做。”这是深圳市龙岗区平湖街道党工委书记黄惠波的观点。正是如此，平湖街道的“转型相对论”，从一个侧面勾勒起一段基层镇街的历史镜像。

党的十八大再启大国未来之航，建设美丽中国刷新城乡理念。深圳市龙岗区建区20周年的日子已经到来，在新的历史节点上，深圳平湖所肩负的重任与使命，毫无疑问就是“转型”二字。

此次，我们提出“重新发现平湖”，旨在以深圳、东莞边界的一个镇街转型，勾勒这一基层样本在数十年间的产业沉浮、城市兴衰、经济脉动，希望回答平湖等镇街“从何处来”的疑问；通过对平湖街道当前政经政策和现状的观察分析，以期探寻先行发展地区的发展方向，则是另一重目的——我们试图为大家提供并呈现一个平湖和类平湖地区“往何处去”的答案。

（刊发于2012年12月12日《南方日报·深圳观察》特01版）

2.【历史方位说】珠江东岸镇街的过去、现在与未来

即将步入而立之年的深圳平湖青年武强，如今望着楼下守珍街稀稀落落的人群，偶尔会感慨早几年前的好时光。

“我更喜欢一个人流兴旺的平湖，不喜欢静悄悄的平湖”，武强跟记者说道。这位被外界称为“二世祖”的年轻人，早已不是骄奢的传统形象，心里对自己生于斯长于斯的土地充满感情：“希望它好。”

武强的所见所闻，正是平湖的曾经与当下的现实。他所经历的时代，正是一个基层镇街与先行发展的广东珠三角地区共同历经的——转型时代：

他所称为的“人声鼎沸”的“过去”，对应的正是珠江三角洲东岸镇街改革开放以来先行发展的繁荣景象；

他所认为的逐渐“静悄悄”的时期，则是原有乡镇经济发展模式渐显疲态、土地空间和人口劳动力资源难以为继所致的发展低谷。

盛衰总有期。

“我就怕翻不过身来”，武强将平湖的转型，形象地比喻为“翻身”。这种直观而似乎贴切的形容，正是广东珠三角地区无数镇街转型中遭遇的共同命运。

“你最希望平湖的是什么？”

“早日通地铁+和谐号设站。”

出人意料的是，在武强与记者交流过后的十余天后，深圳市规土委一则消息引爆全城的目光——《深圳市轨道交通规划（修编）》方案公示并向公众征求意见。

在这个未来深圳轨道交通的规划修编中，武强的愿景已经初现——一条暂定名的“平湖线”出现在规划中，未来数条轨道将在平湖片区设站，

京九铁路从平湖穿境而过。（张长生 摄）

平湖甚至还是珠三角城际轨道交通的节点……

“事实上，珠江东西岸城镇的发展模式、居民人群有较大的差异性”，长期从事战略规划、行动规划的知名专家王富海，在与记者访谈时如此表示。他认为，深圳平湖片区由于没有位于莞深发展的主轴线上，与深圳市区亦有较大的心理距离，属于第三圈层，但“平湖的实际位置不应该是第三圈层”。

“如果不转型升级，那么平湖离破败之日就不远了！”这句警示之语出自深圳市龙岗区平湖街道党工委书记黄惠波之口。在数年的沉淀与蓄积之后，今年平湖街道接连下发数个事关镇街转型的文件，力推“再造一个新平湖”。

平湖转型的最终成效，此刻评论尚太早；但其所代表的珠三角东岸镇街的转型路径，却有启示价值。

现代商业文明+改革开放先行者角色

“明嘉靖年间有平湖村、平湖圩，传说以地形为名。平湖围形似蚌，伍屋围形似蟹，松柏围形似虾，蚌、蟹、虾得水则活，又周围地势低平，故名平湖。”

1995年版的《宝安县志》古旧的纸面上，对深圳平湖如此记载。

攀登、穿越，一片古旧遗址凸现在眼前。穿过深圳市平湖凤凰山国家矿山公园，凤凰山麓的守真园畔古树葱郁，如今成了人迹罕至的地方。

谁也想不到，当时占地约70余亩的守真园，被人们称为当时唯一能与香港港督花园相媲美的一座园林建筑；而这个守真园的主人，则开启了当时平湖乃至宝安县现代商业文明的源流。

事实上，平湖的现代工商业、现代文明的发展壮大，与一位从平湖走出去的乡贤密不可分。

作为20世纪初的香港华人领袖，刘铸伯原籍就位于平湖。平湖街道平湖社区有长者告诉记者：刘铸伯历任香港华商总会董事长、香港宝安商会会长等职，在1910年左右，他回到家乡平湖；这位曾求学英国牛津大学、颇具国际眼光的商界领袖，在平湖旧圩里开始了“建设新平湖”的计划。

自1911年开始，刘铸伯带来了香港设计师，投资建设平湖新圩，在广九铁路旁建成平湖火车站、念妇贤医院、纪勏劳学校、振兴公司、昌裕公司、大新织造厂等，改善了宝安、香港、惠阳、东莞的经济民生、文化教育状况。

更为重要的是，刘铸伯在新圩市开办一间装机50多台的织布厂，并招收附近乡村青年当工人。1916年，他又独资在平湖圩建造一所纪勏劳学校，并兴办宝安县第一间正规医院——念妇贤医院，聘请香港名师执教主脉，被人们誉称为“乐善乡贤”。

有观察人士认为，这是“外资进入深圳地区、发展近代化事业的开

平湖火车站。

端”。在平湖，圩镇基建及配套设施得到大大改观和提升，一座拥有医院、学校、工厂、街铺及火车站的新型圩镇诞生了。

记者了解到，刘铸伯在开启平湖现代工商业文明的同时，客观上也促进了深港之间的联系和往来。

长期报道和记录平湖的媒体人士肖文忠认为：“奠基了平湖工商业的刘铸伯，让平湖与香港的联系紧密，工商业有发展基础，这成为平湖在改革开放之初先行发展的因素之一。”

肖文忠了解到一个细节：改革开放不久，由于平湖火车站属于内地打工群体来深圳的第一站，劳动力成本低廉，这与香港籍投资商一道，一度让平湖成为远近闻名的“不夜城”。

改革开放以来，平湖经济一直领先于周边地区，发展成为当时的经济核心区域。这与世界范围内的加工制造产业转移息息相关。20世纪80年代中期及90年代，亚洲“四小龙”分别转向我国珠江三角洲地区和长江三角洲地区，加快了我国两大三角洲经济发展，也让平湖的城镇化大大提速。

1990年，从学校毕业后来平湖镇物流办报到上班的陈功（化名），如今对平湖20世纪90年代的情形回忆道：“这个时期的平湖镇，华特工业园是比较早的工业区；当时平湖的经济总量与沙井持平，工厂规模也不相上下，观澜远远在平湖之后，东莞凤岗的工厂企业都是被平湖淘汰下来后才去了那里。”

即便是在如今看来比较窄小的平湖双拥街、守珍街，在陈功的记忆中也非常繁华——“商贸业非常旺”。

平湖街道新南社区退休干部老刘告诉记者：坐落在平湖的晶都城酒店，建立于20世纪90年代，成为当时龙岗区的首批三星级酒店；可惜的是，如今这个酒店，在熙来攘往的平湖大街一侧，再也找不到当年的光彩。

毕竟，这依然属于“三来一补”产业带来的辉煌。

危机与机遇

在陈功看来，深圳龙岗建区以来，平湖是“醒得早、起得晚”的典型样本。

“平湖觉悟得比较早，但是并没有抓住更多的机遇。比如观澜，就依靠一个高尔夫项目带动了整个片区的发展，各种基础设施迅速完善。由于高尔夫运动和星级酒店的设立运营，观澜的城市面貌远非当年的‘平湖大哥’可比。”

陈功认为，属于龙岗区的平湖，与兄弟区的观澜一比，在近年来的发展态势下，高下立刻显现出来。

事实上，改革开放以来，平湖经济一直领先于周边地区，但进入新世纪以后，平湖的产业发展疲态逐步呈现。数据显示，2003年至2006年，平湖国内生产总值增长速度迅速下降，2006年已经降至10%左右，基本与全国经济发展平均速度持平，而此前最高时的经济增速是这一数据的多倍。因此，如果继续沿着原来的发展道路走，平湖“被边缘化的风险”无疑将大为加剧。

从改革开放外资涌入平湖到这时为止，深圳平湖片区承接国际产业转移已逾20年，曾引以为傲的转移而来的产业，这时面临着产业转出的巨大压力。伴随着国家加工贸易政策调整，以及劳动力、能源、土地等生产要素价格上涨，深圳市加工制造产业外迁现象已经初露端倪，以“三来一补”产业为主的平湖经济便首先受到影响。

不只与深圳内部的镇街比较，自身的边缘化趋势，也已让平湖街道上下意识到深重的危机。

平湖街道政经分析人士将平湖与东莞凤岗镇进行比较，再度显示出平湖自身的危机。一份调研报告中，如此分析道：

以与平湖为邻的东莞凤岗镇为例，2001年凤岗重新定位城市建设规划，严格按照“城镇进圈、工业进园、民宅进村”的要求，以及“一网两区”和“一个中心多个支点”的发展思路，统筹凤岗城镇规划建设，加之凤岗生产经营成本较低、东莞域经济活跃，近年来凤岗经济持续高速发展。2006年，凤岗国内生产总值、财政收入等指标十分接近平湖，而按总人口计算的多项人均指标已超过平湖。由国家统计局2005年发布的全国综合实力千强镇测评结果中，凤岗名列第43位，而平湖的排名为第273名。

“三十年河东，三十年河西”。自改革开放以来的数十年里，平湖与凤岗这对珠三角相邻镇街的发展史，不禁让人唏嘘。

从改革开放到20世纪90年代末，平湖凭借地扼深莞要冲的优越区位，经济发展水平明显优于凤岗，并长期对包括凤岗在内的周边地区产生经济辐射作用，担当区域经济次中心角色；而进入新世纪之后，伴随着周边地区奋起直追，平湖的地位正在悄然变化，不进则退，如何继续领军区域经济，成为平湖发展的重要命题。

从平湖内在发展的动力来看，与珠三角东岸众多镇街相似的是，平湖长达数十年的传统发展模式，是建立在廉价土地和劳动力比较优势基础之上，但随着经济的发展和要素成本的提高，该模式对经济发展的推动作用不断减弱，对产业结构进行调整、加快产业结构优化升级已成必须之题。

根据记者观察，在这期间深圳平湖先后提出了多种发展思路，并且在不断实践中对思路进行调校修正。在2006年，平湖提出“物流新城”概念，企图以“物流带动、工业主导、三产服务”的思路，优化产业结构，加快与物流融合；2007年，又提出“打造高端服务业基地”；2009年，发展目标定为“一个生机勃发、功能配套、设施完善的现代化、园林式、生态型物流新城和区域性金融新城”。

2012年3月，深思熟虑过后的平湖，着力打造“高端新兴产业园区、综合物流园区和高新技术产业园区”，并促进“高新技术、金融物流、商贸旅游等多行业共同发展”，希望将平湖建设成产业发达、平安和谐、环境优美、生态宜居的“产业新城”。

不断调校和修正发展方向，既是深圳市、龙岗区产业发展主导权远高于基层镇街的深圳市情的现实反映，又是转型时代珠三角东岸产业转型升级的共同写照。

平湖的辩证法

“平湖街道区位优势明显，是龙岗的产业重区，目前是蓄势待发的态势”，在2012年10月的专题调研中，深圳市委常委、龙岗区委书记蒋尊玉对平湖片区的发展如此点评。

在深圳市龙岗区区长姜建军的眼中，平湖当下的情形，分明有着深圳前海的影子。

“从某种意义上而言，深圳平湖确实走到了一个发展的关键节点上”，深圳一位不愿具名的资深政经观察人士认为，这个关键节点甚至可以用“生死攸关”、“咸鱼翻身”来形容。

与平湖年轻人武强一样，这位观察人士也用了“翻身”一词。大家都希望这个有着许多沉淀、积累和负重的基层镇街，给更多的人以转型希望。

近年来，随着经济和人口的快速扩张，平湖经济原有的以消耗资源为主的外延式扩张发展模式已经走至尽头，进入了一个新的转折期。在这新的发展阶段，平湖既面临重要的发展机遇，也面临着严峻的挑战和需要及时解决的突出问题。

在周边地区新一轮经济竞争你追我赶的情势之下，平湖该怎么办？平湖应如何处理好物流产业与工业发展的关系？采取哪些措施促进产业转换，提高经济效益和资源利用水平？如何处理经济发展与环境保护的关系？这些都是平湖必须回答的紧迫课题。

平湖，这个具备广东珠三角东岸镇街典型特征的基层街道，实在有着太多的故事。

“十年之前到现在，没有什么大变化，甚至还不如十年前！”在2011年，深圳市委常委、龙岗区委书记蒋尊玉这个论断，让不少人振耳发聩。

显然，这并非一味指责街道的社会治理水平与经济发展能力。此说背后，则是珠三角地区的龙岗区在漫长工业化、城市化进程中艰难转身的缩影，同时也折射出在片区规划、产业定位等问题上，深圳市、龙岗区、平湖街道（此前的平湖镇）三级政府及相关经济部门在不同时期的思路的共性与差异。

有观察人士认为：在后大运时代里，平湖街道的转型升级大考，既需要街道层面的自身努力，包括对产业、城区规划的主动设计和参与，又亟待三级政府权责的进一步厘清。唯有如此，平湖的转型之考，才能在广东

通过旧改赢得新的发展空间。

全省、深圳市转型升级大考中，显示其标本价值。

面对未来，平湖如何作答?

针对平湖如何谋求新发展，龙岗区平湖街道党工委书记黄惠波在众多场合谈及自己的辩证法——“正因为我们发展得早，所以我们发展档次相对比较低；正因为档次相对比较低，才有了如今我们的工作力度。”“从最初发展的优势，演变成了后来的劣势，之后的劣势，应当成为如今我们工作的优势。”

因此，“重新定位”成为平湖此番转型升级的重要手段。

——重新定位发展的思路，就是要彻底摒弃平湖30年来依靠土地、资源投入带动经济增长的粗放发展模式，通过推动城市二次开发，促进城市环境和城市生态实现脱胎换骨的深刻变化，以此带动产业结构快速提升和发展方式快速转变，使平湖真正成为一个产业高端、城市高质、功能高级、民生幸福的现代化、生态型宜居都市区。

——重新定位发展的标准，就是要彻底扭转平湖就是一个小乡镇的“自我矮化”的传统观念，敢于想前人所未想，敢于做前人所未做，敢于把平湖作为“全市未来的前海”来规划建设，使平湖的城市规划和城市建设在二次开发中，从起步之初就与国际化、现代化接轨，真正发挥出“一体化示范区”的效应。

“一年一小变，三年一中变，五年一大变，十年彻底变”，这是平湖的自我要求。这个珠江东岸的典型镇街，其转型的希望，将给更多镇街以希望。

【访谈】

国务院特殊津贴专家、教授级高级规划师王富海：

平湖片区转型发展需走出“先工业化再城镇化”的老路

“如果一个工厂企业的一线员工愿意居住、生活在平湖，这还不算成功；如果这个工厂企业的中层管理人员也愿意居住和生活在平湖，那么平湖新的这轮城镇化就算是成功了……”

曾主导深圳市总体规划的知名专家王富海，在就平湖片区转型接受记者专访时谈到。他认为，平湖片区的转型发展，需要走出“以工业园为中心、先工业化再城镇化”的传统老路。

在采访中，王富海着重强调“人”的因素在平湖片区新一轮城镇化过程中的作用。根据珠江东岸的城镇发展共性，王富海认为镇街需要择取准确而适合自身的发展路径。“先工业化再城镇化的老路不能再走，新一轮发展中，取决于镇街能否以一种开放的姿态，吸引物流、人流，从而改变整个片区的生活方式，达到真正的城镇化。”

对于“人”的因素，王富海提出了自己的具体建议：“其一，提高原居民的发展动力，鼓励原居民群体创业，这是珠三角东岸与西岸发展中的最大区别；其二，对于外来人员，在保证人口总量相对稳定的前提下，需要重视他们对于基层城镇的认同感偏小的社会问题；其三，房地产楼盘居住小区人员，在市区工作、在平湖居住，这种情形、这种人数将迅速加快、加大，布吉、龙华片区早已经出现这一情形，产城融合问题平湖需要提早做准备。”

“把工业区变为城市化的街区，需要做的还有很多，”王富海认为，“只有改变了以上三类人群，促进人的整体城市化，平湖片区的转型才能最终成功。”

（刊发于2012年12月12日《南方日报·深圳观察》特01版）

3．【区域地理说】
城市新星：从边缘如何重回产业中心

在英国《金融时报》上，专栏作家约翰·加普在一篇名为《珠三角地区的转型》的文章中认为："在过去的20年里，毗邻香港的广东珠三角地区逐渐成为了'世界工厂'。而如今，这一地区正处于艰难的转型之中。……自1992年邓小平视察南方推动了中国经济特区的增长以来，这是该地区经历的最剧烈的转型。"

处于这场"最剧烈的转型"中的，就有深圳平湖。

密密麻麻的工业厂房，林林总总的居民自建楼，错综芜杂的街区面貌，这种复杂形态正是广东珠三角地区不少城镇的共同面孔。这样的面孔也不止一次地出现在国内外著名的报刊上——包括平湖在内的珠三角镇街的产业变动、企业反应及治理政策，总会牵动无数关注南中国宏观话题的媒体记者。

就是在这样的区域版图上，那些生动的工人面孔，成为了大洋彼岸著名杂志的封面。因平凡和朴实，再加上某些偶然性，在与平湖相距并不太远的某个工厂内，4位中国女工成为美国《时代》周刊2009年的年度人物。这份著名的新闻杂志，用了整整8页纸的篇幅刊载普通劳动者的大幅照片，这是平湖所在的大区域在全球位置中的独特价值。

身处珠三角，地处深莞要冲地带的深圳平湖，在30余年间，地理区位究竟对这个基层镇街有着怎样的影响？这种影响又是如何改变和演进的？在新的发展时期里，它又将如何改变平湖？

对于这些，长期从事战略规划、行动规划的知名专家王富海认为，深圳平湖片区由于没有位于莞深发展的主轴线上，与深圳市区亦有较大的心理距离，属于第三圈层，但"平湖的实际位置不应该是第三圈层"。从边缘、从第三圈层，重回产业中心、话语中心，显然是平湖的愿景之一。

深莞要冲：地处深圳与东莞交界地带

一切从马路经济、铁路经济开始。

从深莞等珠三角先行发展地区的第一波城市化开始，深圳平湖就开始起步了。这与平湖地处深莞要冲地带不无关系。

翻看珠三角地图，位于珠三角东岸的深圳平湖，地处深圳与东莞交界地带，从深圳市区驱车出发，沿着已经通车的丹平快速路，约莫40分钟到达位于深莞交界处的平湖街道。

车窗外的景象，成为这个基层街道的现实写照：代表着国际化现代物流业的国际农产品批发市场已经开张，周围遍布着大大小小、各色不一的物流园区和企业；临近平湖街道办所在的道路两旁，作为商贸服务业的沿街店铺不乏人气，似乎永远都是热气腾腾。

交通大变迁，环境大治理，产业大聚集，城市更新大举推进，一个全新平湖从跃然纸上到蓝图初现。

在珠江东岸，这是一个基层镇街的区域地理：

平湖街道位于龙岗区西北部，辖区总面积41.8平方公里，是深圳与东莞两市、龙岗与宝安两区的交接点，距离香港特别行政区25公里，距离深圳市区19公里，距离东、西部的盐田港、蛇口港和深圳机场均在一小时车程之内。

更具历史感的莫过于铁路系统了！

在平湖辖区内，有京九、广九两条铁路交通大动脉，这是平湖运用铁路经济发展的开端。此外，还有机荷、水官两条高速公路以及丹平、东深、平龙、平新等四条对外干道；拥有日编能力为8000车次的平湖铁路编组中心，平盐铁路与平南铁路在物流基地与京九、广九铁路接轨，直通盐田国际中转港和蛇口集装箱港，机荷高速公路把平湖与深圳宝安国际机场紧密联系在一起。

这个总人口50余万（其中户籍人口约2.3万人）的基层镇街，在深圳市总体规划中，平湖片区作为“三轴两带多中心”中8个组团中心之一。其功能定位是：深圳中部物流组团的片区服务中心，主要承担平湖街道范围的行政办公、商业、文化和生活服务职能，以及周边物流基地、金融后台基地、平湖街道级工业园等产业区的产业服务职能。

记者了解到，根据深圳市“三条轴线、三个圈层、三级城市中心、九个功能组团”的城市规划布局结构，平湖是深圳中部轴线的主要组成部分，是未来深圳发挥流通枢纽及国际交流功能的重要区域，也是深圳战略性新兴产业重要基地。

经济与产业的聚集，将引发新一轮的城市化。可以预见的是，由于产业人群的聚集，以平湖为首的深圳中部将迎来新一轮的全面升级。

物流重地：一个镇街与深圳物流业的命运交集

纵观平湖数十年的发展脉络，“物流”二字在这个珠三角东岸镇街身上打下深深的烙印。

从2004年华南城选址平湖片区开始，在珠三角城镇与深圳市规划中，物流成为平湖片区最为抢眼的经济词语。

在《珠江三角洲城镇群协调发展规划（2004—2020）》上，针对平湖发展的指引，是要将平湖发展成为“以区域物流为基础，国际物流为重点，城市配送物流为支撑的国际性物流基地”。

在《深圳市城市总体规划（2007—2020）》上，对平湖发展的定位及要求为：“利用交通优势和地域区位优势，规划平湖物流园区，连接东、西部港区，发展公铁联运、海铁联运，面向珠江三角洲及内地形成中远

凤凰大道新貌。

距离货物集疏运、内地与香港中转物流基地。此外，为各金融机构提供安全、高效、可靠及专业化的金融后台业务服务，处于平湖街道的华宝农场金融产业服务基地将发展为深圳、港澳金融产业的后台集聚地。”

而事实上，处于深圳边缘地带的平湖街道，位于深圳与东莞、龙岗区与宝安区的交界处，在民间有“飞地”之称，交通受阻便是不少人热议的焦点之一。

按照世界物流业发展的普遍规律，通常而言，物流园区是政府从城市整体利益出发，顺应物流业发展趋势，实现“货畅其流”，在郊区或城乡边缘带主要交通干道附近专辟用地，通过逐步配套完善各项基础设施、服务设施，提供各种优惠政策，吸引大型物流（配送）中心在此聚集，使其获得规模效益，从而降低物流成本。

平湖的物流园区的建设与发展，也正是在上述背景下一步步起来的。

1998年，深圳市提出建设成区域性物流中心城市，同年，龙岗区平湖物流基地宣告成立。作为全国第一个由政府运行建设现代物流基地的范例，作为中国物资流通协会确认的全国第一家物流试验基地，平湖物流基地从诞生之日起就备受各方瞩目。

资料显示，龙岗平湖物流基地（物流园区）是深圳市六大物流园区之一，是唯一的综合性物流园区。平湖物流园区的首期开发，按照国内与国际物流并举的方式。

“当时平湖物流基地就想搞成一个以物流为龙头的新型开发区，把物流产业作为龙头产业，同时带动批发、商贸、房地产开发等一系列内容。但在当时，平湖物流园区显然没有上升到这个层次，而且也难有可以借鉴的经验。”一位知情人士对记者如此分析说。

据介绍，1998年12月30日，平湖物流基地开始建设，到1999年8月，该基地被中国物资流通协会确定为国内第一个物流试验基地。与之相反的是，在2002年之前，已经成立4年的平湖物流园区一直缺乏项目，基本上处于闲置状态。从某种意义上说，于2004年12月投入运营的华南城（一期），才成为平湖物流基地发展中的转折点。

不过，“物流重镇”也不无困扰，曾经的规划定位到了新的阶段，有成为发展掣肘的可能。

深圳平湖片区物流业内人士陈功认为，从平湖的地理位置和交通路网来看，这些年里的平湖，一直处于“被掐死”的局面。“从地图上看，平湖地处深圳的中部地区，往东扩展，受邻市凤岗镇的牵制，区域扩展能力十分有限；另一方面，无论是通往深圳市区，还是通往龙岗中心区，平湖的这两条道路都在不同时期内存在着收费现象，这大大影响了居民的工作生活。人流的缺乏，随之带来物流和资金流的缺乏，最终影响到平湖片区的竞争力。”

深圳市龙岗区区长姜建军评价平湖的发展史时，认为平湖早年发展肩负的是“为特区发展服务”的使命，是“处于被动”的，如今的平湖街道亦非当时能同日而语。据悉，近年来，制约平湖发展的城市路网建设取得重大进展，一批重大投资项目已经落户平湖，原定位的仓储物流要向高端物流转变，平湖物流重镇迎来发展新机遇。

代表着国际化现代物流业的海吉星国际农产品批发市场已经开张，正成为片区的一张新名片……

都市“绿肺”：营造一派远离尘嚣的田园风光

平湖片区长期以来是“工业区”的代名词。

事实上，深圳中部北大门的这个区域，却被青山绿水所环绕，北边罗山水库，南边甘坑水库，东边凤凰山公园。

罗山水库，安安静静地藏在深圳、东莞交界处的群山之间。

与中心区鳞次栉比的店铺和逼仄的工业区相比，罗山水库有着难得的清幽和宁静，一群灰鸭子、一艘驳船、几座荒弃的屋子，都能给人带来故乡郊野般的气息。

在深莞交界处、平湖街道北面的山厦社区，这座默默无名的水库，一度吸引着来自北京和深港两地的官员、专家、业内人士的目光。这里一度被规划为“郊野公园”，也有“自行车主题公园”的规划设计，无论以何种主题展现，对于平湖居民和自行车车友而言，均是掩不住的兴奋和喜悦。

区域位置显示，罗山水库距平湖中心区约2公里，距深圳市区约20公里。

“将营造出一派远离尘嚣的田园风光”，曾经的罗山公园项目建议书上如此写道。平湖街道农林水办负责人告诉记者：罗山水库总面积约15公顷，水深7米左右，为非饮用水源，水质良好。巡查员骑自行车沿水库巡查一周大约需20分钟左右。

与这个卫星城镇的“绿肺”伴随的，是平湖片区内数年前兴起的自行车热。

在平湖片区的另一片绿地上，一项已经集聚珠三角地区自行车爱好者的赛事每年都会上演。

2012年11月中旬的平湖生态园内，树木葱葱郁郁，水库碧波荡漾，第四届平湖自行车公开赛在这里举行。竞速的800“骑士”不局限于珠三角，省外及港、澳、台自行车运动爱好者也慕名而来，参赛人数800多人，覆盖区域走向更广，比赛规模走向更大。

曾经胜利登顶世界屋脊珠穆朗玛峰的平湖籍运动人士刘永忠告诉记者，如今已成立了平湖街道自行车运动协会，定期组织会员开展骑行活动。

业余自行车运动似乎渐渐改变着这个最先以工业闻名的卫星城镇里人们的生活习惯和方式。在平湖凌骏自行车俱乐部，会员大多为年轻人，随着自行车运动升温，中年人也参与进来，其中多为白领，部分为中小企业老板。在车友组织下，平湖的自行车爱好者经常开展各类活动，积极参与各地的自行车赛事。

从自娱自乐的小型赛事到连续4年成功举办的在珠三角富有吸引力的平湖自行车公开赛，方兴未艾的背后正是平湖“绿肺”的宝贵生态价值。如今越来越多的平湖人正乐享骑行之乐、运动之美。

据悉，如今在平湖片区东面，凤凰山国家矿山公园已经揭碑开园，这一新的地标式建筑惠及周边片区的众多市民；在西面，堪称工业园区内“绿肺”的平湖生态园，保护改造正在稳步开展前期准备工作；而罗山郊野公园目前已取得项目建议书批复，初步规划总占地面积123.6公顷……

风景如画的平湖生态园。（刘必健 摄）

交通变迁：全力推进14条主干道路网建设

10月上旬，10月中旬，11月下旬，在深圳市平湖街道的政务周表上，党工委书记黄惠波、街道办主任丁海成和街道其他几位领导的政务安排中，道路交通调研、实地协调解决问题，成为重要的一项工作。

街道主要负责人率队到华昱公司总部调研清平高速公路二期项目进展，力促清平高速公路二期在2013年元月底前建成通车；率建设、城管、房屋征收等部门及相关社区负责人，向龙岗区建筑工务局和区城管局送上锦旗，感谢他们长期以来的辛勤工作，并希望更进一步建立无缝对接机制，确保年内实现相关道路通车的目标。

这是平湖试图改善片区道路交通状况的片段。

在良好的区位优势和区位环境之下，交通因素亦曾一度掣肘着平湖片区的对外交流。

在2004年的一份调研报告上，“交通问题突出”被认为是困扰平湖的重要因素。具体而言，包括交通堵塞严重、道路交通管理水平较低、停车场地过少、公共交通不方便等因素。“有80%的被调查者认为在高峰时段行车塞车发生频率较高”、“有一半以上的被调查者认为平湖的道路交通管理不好”。

交通道路建设严重滞后于经济快速发展的需要，成为平湖片区的一大难题。平湖企业界人士告诉记者：“从2003年开始，平湖物流基地的华南国际原料城等几个超大型项目的进驻，迅速增加了片区内的客运、货运流量，使平湖片区原已十分拥挤的交通更加不堪重负”；此外，“公路和城市道路功能衔接矛盾，公路和城市道路混为一体，对城区内部交通的干扰越来越严重，使区域内部交通效率低下”。

全力推进14条主干道路网建设，成为深圳平湖片区2012年的重中之重。

“加快推进城市路网和基础设施建设。主动靠前与市区相关部门协商沟通，千方百计向市区相关部门争取重大项目建设资金，加快推进以14条城市规划道路为重点的基础设施建设。”这是2012年初平湖街道定下的道路建设思路。

“目前14条主干道路网的整体进程较为理想，基本进入或即将进入建设阶段：截至目前，共有9个项目（平安大道、富康路、惠华路、中环大道、嘉湖路、丹平路一期、清平二期、平大路、平吉大道北段）正在施工，1个项目（西宝路）正在进行施工图设计，2个项目（富安东路、恒心路）已完成初步设计，1个项目（平湖大街改造）已完成方案设计，1个项目（新木大道）项目建议书已批复，正在进行勘察设计招投标。”龙岗区平湖街道建设办负责人告诉记者，目前他们正在配合和协助相关项目单位，全力推进14条主干道路网建设。

作为平湖与深圳市中心区连通的重要道路，清平高速公路二期可认为是平湖2012年道路建设的一个样本。

据介绍，清平高速公路二期是《深圳市干线道路网规划》中“七横十三纵”的第四纵，是《深圳市干线道路网规划》提出的近期建设“一横八纵”快速干线道路之一。该项目起点位于清平高速公路一期与南坪快速路交会的龙景立交，与水官高速公路、布龙公路、南坪快速路相连，路线长12.749公里，双向六车道。

据华昱公司负责人介绍，项目于2010年1月开工，目前正在加紧施工。为完成既定目标，该公司每天24小时分三班赶工作业，力争2013年元旦通车。丹平快速、清平高速公路二期的如期通车，将大大缩短深圳市中心与平湖的地理距离，更为重要的是——心理距离更近了……

（刊发于2012年12月12日《南方日报·深圳观察》特02版）

4.【转型发展论】
攻坚进行时：转型时代下的镇街镜像

与改革开放前30年的发展方式迥异的是，珠三角东岸基层镇街综合转型不再仅仅依靠自下而上的民间自发式、粗放式的城市化，而在于基层政府联手企业界和整个社会的积极力量，通过重新整合资源尤其是盘活存量土地，掀起新一轮城市化浪潮。

包括深圳平湖在内的珠三角众多镇街群体，从2008年国际金融危机爆发之后所进行的转型升级战役，连连发力但依然不无危机——广东珠三角先行发展地区的传统镇街发展状态不一，东莞的某些村镇更是出现了“希腊化”的情况，并得到了省委领导的密切关注。

记者调查发现，转型时代背景下的深圳平湖，遭遇的发展难题既有珠三角镇街的共性困局，也有深圳平湖自身的个性难题。2012年，对于平湖而言，既是为未来“蓄势”，又是在攻坚“大转型”。无论如何，这个基层镇街开始站在新的起点，以新的姿态起跑。

实施大项目带动战略，企业转型升级的样本迭出，社区经济发展向好，深圳平湖采取的多重战略助推综合转型，在转型升级的攻坚时期显示出一幅独特的镜像。

企业之变

12月初，连接深圳龙岗中心城与平湖的龙平路上车水马龙。来来往往的人群和商贸物流的多少，成为了衡量珠三角镇街经济发展情形的“风向标”和“感应器”。

深圳与东莞交界处，大水坑收费站的一侧，曾经不时冒出黑烟，连里面的员工在厂区都要撑伞防止烟尘凝固物腐蚀衣物。这一让当地居民揪心、不断反映诉求的难题，如今悄然改变。

在过去数年时间内，龙平路一侧一家名为“钰湖电厂”的企业，成为当地政府与居民的一大难题——这一切源于企业伸向天空的两根大烟囱排出的黑色烟尘。相隔几公里外的社区居民告诉记者，以前下雨的时候，从树叶上会掉下黑色不明物质，自己座驾上的白漆都被腐蚀了。

这也得到了企业方面的证实。“以前厂区的树大多是干枯的，原来我们厂区也不种草，因为草都死了；当时，为避免那些黑点腐蚀点对衣服、皮肤的损害，电厂的员工在园区内都得撑伞……”钰湖电力有关负责人告诉记者。

“没有消息就是好消息，周边居民没有投诉了，这证明了我们的成效。”深圳钰湖电力有限公司总经理张燕东介绍，在上级有关部门的指导和支持下，钰湖电厂成功进行转型升级，彻底告别让居民烦扰、投诉不断的“重油时代”，如今已经完成油改气，并成为深圳市第一家用上西气东输天然气的电厂，彻底解决了烟尘排放难题。

在厂区内，记者发现一个极富意味的现象：数年前，使用过的重油燃烧设备即将撤出；而新装的天然气相关设备，则已开始运行。这仿佛是两个“时代”的缩影。该企业负责人告诉记者，如今他们迈入天然气时代，由过去的燃油发电改为燃烧天然气发电，在节能减排的同时，实现了清洁发电。

曾经的“污染大户”使用天然气发电，是平湖企业在“节能减排”大背景下的一大举措；机组的转型升级，实现了以一种高效节能、安全环保的方式来满足平湖经济社会发展过程中的电力需求，这正是平湖片区科学发展的要求。

深圳市龙岗区发改部门、平湖街道有关负责人对此表示，钰湖电厂的转型升级，具有节能、减排和循环经济等三大特点，其冷热电联供促循环利用，成为近年来平湖辖区企业的样本之一，实现了企业、居民、社会等多个层面的共赢。

深圳市平湖街道经科办主任王寿华告诉记者，在钰湖电厂成功转型的同时，平湖辖区内的一大批企业都迈上了转型升级的步伐：新木盛低碳工业园，成为深圳市产业转型升级的标杆之一；文鼎、启华等原来料加工工厂转型升级为拥有自主品牌的创新型企业，在国内外市场上极具竞争力……

“从一个厂到一个公司，别看只是称谓上的小小改变，实际上企业自身完成了一次彻底的转变”，王寿华如此认为。

社区谋新

位于凤凰大道一侧的一个小区内，多栋楼房整齐划一，服务管理井然有序，社区文化有声有色。这个名为平湖凤凰新村的居民统建楼，成为深圳市原居民群体集约用地、支持社区经济发展的典范。

平湖社区的转型经验，让在基层调研的广东省委常委、纪委书记黄先耀大为惊叹，他对社区干部在办大事办好事的同时注重发扬民主、听取民意、充分满足居民知情权的做法表示赞许。“龙岗全区其他社区应该向平湖社区学习！”深圳市委常委、龙岗区委书记蒋尊山2012年以来多次强调说。

各级领导密集赴平湖社区调研的背后，正是基层社区转型发展的时代大题；平湖社区的综合转型，对于珠三角众多村社转型不无启示。从负债1.5亿元的穷村，转身成为拥有存款近亿元、股民人均年分红超过2万元的强村，深圳市龙岗区平湖街道平湖社区在10年间的变化，从波谷到波峰的社区复兴，映照的是基层社区经济发展之路。

对于平湖社区的转型发展，平湖街道党工委书记黄惠波认为：“在经济转型发展、社会建设的大背景下，只有通过政府的靠前服务、靠前行动，去发现和培育社区发展的动力，才能让社区走上跨越式发展道路。”

记者采访获悉，在珠三角社区经济发展面临较大压力的背景下，平湖社区经济同比却稳步增长，预计今年增长约8%。“这是我们多届社区班子打下的坚实基础”，在平湖社区党支部书记刘建基看来，社区经济的稳定发展得益于较早从单一出租经济向“工改商”、产业升级、吸引高科技企业、逐步增加多元化投资等一系列转变策略。

平湖社区的生动场景，正是及早谋划集体经济转型发展的结果。记者了解到，2006年以前，平湖社区共有“三来一补”企业约90家，成为当时社区经济收入的主要来源，目前多数“三来一补”企业成功转型或已被高端、优质企业所取代。面对社区转型发展，平湖社区主动转变发展方式，采取土地入股合作的方式，先后与开发商合作建设了凤凰商业广场、大皇公商业中心等大型商业合作项目，后者成为平湖片区首个大型商业购物公园，并让社区成功阻击了全球金融海啸的直面冲击。

“依托发展方式的转变，平湖社区的集体经济实现了跨越式发展”，平湖街道有关人士告诉记者，凤凰商业广场每年可让社区增加600万元集体经济收入，并将分阶段递增，50年后，凤凰商业广场将无偿收归社区所有，完全享有其所有权和自主经营权。大皇公商业中心年收入约600万元，15年后将全部收归社区所有，到时仅此项目的年收入将达2000万元。

为避免社区经济收入走入单一的出租经济模式，增加社区多元化投资，平湖社区以合作方式投资商业广场、酒店，推动第三产业的发展。这一方式不但降低了社区的投资成本，又抵御了因商铺空置造成的回本难风险。记者同时获悉，目前平湖社区继平湖旧村改造项目后，将相继推出两个城市更新项目，有效地改善居住环境、提升片区综合价值。

大项目带动战略

众所周知，平湖片区作为改革开放的先发展地区，产业低端低质的问题也较为突出，推动产业转型升级的任务十分繁重。面对条件资源的严重制约，平湖街道今年初提出了以大项目带动片区产业转型发展的思路。

在深圳市龙岗区平湖街道，白坭坑社区的果断转型，就是依托“大项目带动战略”发展起来的。

以华南城、海吉星国际农产品中心等为代表的重大项目的落户，给平湖带来了一个全新的发展课题——街道、社区的更多管理服务资源必然需要向大项目倾斜，同时能否通过主动依托大项目的发展而壮大社区经济、实现产业高端转型呢?

在海吉星落户平湖后不久，平湖街道就选取白坭坑作为社区经济转型发展试点，依托海吉星的辐射带动，以服务配套物流园为抓手，对物流园周边的厂房、物业进行升级改造，为物流园提供农副产品加工配送、仓储、生活配套等服务，已改造物业面积约10万平方米，目前正主动将社区全境委托给物流园区统一规划，积极探索社区与产业园区融合发展的道路。同时，积极推进基本农田改造，鹅公岭和白坭坑片区改造项目已经开始施工。

平湖产业资深研究人士告诉记者，实施大项目带动战略与加快推进社区转型发展相伴相生。“社区作为实施产业转型和高端化战略的主战场，按照市、区提出建设质量深圳和特区一体化的要求，加快推进社区实施腾笼换鸟战略，加快对旧工业区、旧厂房、旧村改造和传统劣势产业的淘汰步伐，加快推进社区实施园区化战略，以此推动平湖产业实现整体置换。”该人士如此向记者阐述道。

承接现有高端产业的辐射带动，成为社区一级经济发展的重要着力点。在白坭坑社区初尝甜头之后，平湖街道要求各社区“加快规划承接园

凤凰大道风貌。

区发展的次产业圈，以为园区提供生产性、生活性服务配套为重点，实现与园区共同发展”，“产业园区周边社区，要结合产业园区的功能特点，早预测、早研究、早规划、早启动与园区的配套发展问题”，“邻近的社区要以新引进的大项目作为依托，超前做好配套发展的谋划，加快对产业园区周边土地的整备规划，走产业带动城市发展的道路”。

华南城作为平湖街道最早建成、最具影响力的大项目，如何充分发挥其带动辐射作用、对平湖片区产业转型升级产生直接的示范效应，成为平湖的另一课题。记者获悉，在一份详细调研报告中，龙岗区平湖街道人大工委课题组认为：“华南城作为平湖辖区内的现代化综合商贸物流服务平台和大型高端城市综合体，推动其做大做强并依托其资源条件带动发展，是平湖片区产业转型升级的重要路径”；“一旦实施，有望对平湖片区产业转型升级产生巨大带动作用，对平湖片区城市环境优化改善产生巨大融合作用，对平湖片区实施大项目带动战略产生直接示范效应”。

有产经观察人士认为，从更为开阔的角度而言，平湖片区周边有华为科技城、观澜高新产业园，通过政企联手，华南城运用自身的产业优势和差异化发展战略，完全可以依托现有产业基础和区位优势做大做强，打造成高端新兴产业的孵化基地，成为整个珠三角地区产业布局的重要补充和区域经济发展的新引擎。

整体战略

就一个基层镇街而言，无论是经济产业的转型升级，还是镇街整体的综合转型，都绝非一朝一夕之功。资深观察人士认为，就珠三角东岸的镇街产业形态、企业运营者特点而言，平湖等镇街转型尤其不容易。

以往的数据就显示了转型的沉重背景：经过30余年的发展，平湖街道目前已经形成了以第二、三产业为主导的产业结构，但第二产业多为低端企业，缺乏核心技术和自主品牌，普遍具有低质、低效、粗放、关联度差、低竞争力的特征，面对日益激烈的市场竞争，抗风险能力弱，具有发展的不可持续性，若不及时转型，随时可能陷入危机。

从工业企业的行业分布来看，有电子、塑料、金属、玩具、纺织、机械、印刷、纸品等，其中电子占14%，塑料占25%，金属占15%，玩具占17%，纺织占17%，机械占4%，纸品占5%，形成多种行业小规模并存的产业格局。从投资规模来看，投资额在100万美元以下的占80%，缺乏实力强大的大型工业企业。从产业要素来看，劳动密集型企业占72%，资金技术密集型企业占28%，高新技术产业所占的比例很小。

“如果我们不抓住当前的转型升级这一重点工作，扎实推动平湖街道的二次发展，就会停滞不前，甚至落后。假如不打好转型升级这场硬仗，那么我们离破败之日就不远了”，早在今年之初的全街道工作会议上，平湖街道党工委书记黄惠波便如此发出动员令。

显然，这是一个街道在转型升级中的突围决心和深刻的危机意识。事实上，转型发展已经成为龙岗区平湖街道最核心的命题。

“为大力开展招商引资，提升经济增量质量，平湖街道成立了招商引资专项工作小组，充分发挥招商队伍的作用；着力引进一批科技型、环保型、附加值高的招商项目，正成为该街道目前转型升级工作的重点之一”，平湖街道办主任丁海成告诉记者，从单方面追求发展速度，到重视经济增量的质量与速度并举，这是平湖街道的最新变化。

据悉，他们严格执行项目准入制度，对拟引进的产业项目从产业政策、环境保护、科技含量、投入产出、财税贡献等方面进行科学、严格的筛选把关，着力引进一批科技型、环保型、附加值高的招商项目，提高招商引资质量。

最新数据显示，今年以来的平湖街道，为努力克服经济下行带来的不利影响，重点开展了“全力服务企业发展”、“全力推进产业转型升级”、“全力推动重大物流项目建设”等工作。1—6月份，全街道共完成工业总产值112.02亿元，同比增长9.3%（其中规模以上工业87.91亿元，增长10.2%）；246家来料加工企业中，其中已完成转型98家，正在办理转型80家，未转型68家；共清理淘汰低端企业53家；引进鼓励类产业项目31家。

“不能单靠街道某一部门之力所能为，而需要各部门共同努力，需要实施的是一个整体战略”，王寿华告诉记者，自己对于平湖的发展充满乐观——“我还是很看好平湖！”

（刊发于2012年12月12日《南方日报·深圳观察》特03版）

【评论】

转型发展的平湖探索

“如果不转型升级，那么平湖离破败之日就不远了。”平湖发出了主动转型发展的强烈信号和坚定信心。

改革开放以来，外资持续进入、“三来一补”经济迅速增长，“无为而治”型经济快速发展，平湖与深圳经济特区共同成长。在高速发展中，平湖有起有落，与全球经济发展的节拍共舞，不断探索经济发展的路径，推动经济增长，促进经济社会全面发展。同时，保持着对全球经济发展的警醒，全面分析、把握全球经济社会发展的脉搏，及时转变经济发展方式，调整产业发展思路，实施转型升级战略，在经济低潮中奋力探索、努力进取。

主动作为、转型发展是必然选择。主动根据经济社会发展的趋势，实施转型发展，是政府的选择，是政府的职责，更要求政府有所作为。把握产业发展、经济发展、社会发展的规律，突出市场在产业发展、经济发展中的基础作用，发挥政府的主导和引导作用，增强城市发展规划、产业规划的引领作用，调动全民参与和支持转型发展、分享转型发展成果，将推动平湖取得经济社会新突破、新发展、新成就。

产业转型升级是转型发展的关键。统筹眼前和长远，牺牲眼前利益，着眼于长远发展，淘汰落后低端产业，腾出产业转型升级的发展空间，是产业转型升级成功与否的根本。通过城市更新，完善城市功能，改造城市环境，打造产业转型升级的优越条件，引进、培养高端产业、战略性新兴产业，整合产业链条，提高产业集聚能力，不断提高产业竞争力、企业竞争力，促进经济持续发展，居民收入水平不断提高，生活水平稳步提升，社会持续进步。

实现经济社会全面转型、“五位一体”是转型发展的方向和目标。从乡村社会到城镇社会、城市社会，再到现代化、国际化城市社会，要求平湖经济、社会、文化等的全面转型和发展。转型发展是战略性、长远性工程，也是全局性、系统性工程，通过城市更新，完善城市基础设施，加强环境治理，促进产业转型与发展，促进经济社会协调发展。建成小康社会，实现党的十八大提出的经济建设、政治建设、文化建设、社会建设、生态文明建设“五位一体”的建设目标，平湖责无旁贷。

（作者系知名网友、广东科学发展金点子奖一等奖获得者谌毅兵）

5.【城区新生论】
城镇重塑：再造“平湖磁场”的现实与希望

改革开放前30年的进程中，民间自发形成的产业和城镇格局，缔造了珠三角众多城镇的辉煌与繁华。这种自下而上的城市化（城镇化）的历程，有着民间自发的珍贵活力，但对具体城镇发展空间而言，在某种程度上难以有超前的规划眼光。

深圳平湖就是这一思路下的产物。当然，不能以先知先觉的严苛去要求改革开放先行者们，但是在基层城镇再造过程中，充分探讨前一轮城市化的功过得失，却也是不无裨益的事情。

让我们从世界经济发展版图中援引一个广为人知的案例——底特律。这座美国城市曾是煊赫一时的“世界汽车城”，在2009年2月的《福布斯》颁布的“全美十大悲惨城市”排行榜上，这座昔日的辉煌大城却榜上有名——它正面临着严峻的城市发展问题。

底特律的发展是从汽车业起步的，因而被人们称为“美国汽车工业的摇篮”，这也给底特律打下了深深的工业的烙印。它还是“美国梦”的代表城市，让美国有了“汽车轮子上的国度”之称。但从第二次世界大战之后，底特律开始走向衰落，美国其他区域和城市迅速崛起对底特律城市发展产生重大影响，最终成为过去数年里“最贫困、收入增长最慢和晴好日子最少的城市”。

产业转型、城市发展，这一世界性话题对于身处转型时代的珠三角镇街不无启示。底特律的发展教训，值得深圳平湖深思。

有观察人士认为，单一的汽车产业是导致底特律由盛转衰的主要原因，而在改革开放后的珠三角诸多“世界工厂”镇街里，虽然与底特律遭遇的时代背景与情形大有不同，但面临的经济全球化见证却是大同的。如何提早谋划城镇规划、谋划城镇在不同发展阶段的准确定位，弥补国内外市场的多变性、即时性和短视性，成为基层镇街发展的核心任务。

时移势迁，在第三次工业革命风起云涌以及知识经济时代到来的当下，处在“二次创业”、“二次发展”的关键时期，以深圳平湖为代表的珠三角镇街群体，将如何抉择产业、城镇发展路径，以及如何引领新一轮城市化的具体实践，显得尤为关键。

从某种意义上而言，基层镇街在新一轮发展中能否“笑到最后”，仍然取决于其核心竞争力。毫无疑问，传统自发而成的发展模式显然已经碰触到了天花板，由此导致的“规划缺失”的城市格局已让城镇尝到苦涩，如何让城镇不再遭遇继续发展的掣肘，成为产业、人才与创新资源的聚集地，这是深圳平湖等镇街尤其需要深思之处。

“通过我们的共同努力，要用5年的时间，再造一个新平湖。并且明确了三步走，让平湖街道‘一年有变化、三年大变化、五年华丽转身’，”12月上旬，深圳市平湖街道党工委书记黄惠波对记者如此介绍道，“我们有决心、有信心，再过5年会有一个新平湖展现在世人面前，这个新平湖将是富裕的、美丽的、平安的、和谐的。”

这是再造新平湖的理想与誓言。

与30年前的自发式的城市化不同的是，包括深圳平湖在内的珠三角城镇群，在转型发展中开展的此轮“再造”行动、城市化，注定是政府主导、社会共同参与的巨大实践。

文化复兴：平湖社区纸龙舞的复出与崛起

以竹篾制成骨架，用纸做、彩笔绘成龙头，还用纸糊成龙身、龙尾，舞龙时需数十人之多。在42年之后，濒临失传的深圳平湖纸龙重现江湖。

2009年春节，龙岗平湖的凤凰山下，一条金龙在震耳欲聋的锣鼓声、鞭炮声和旗海中上下舞动，广场之上不时传来阵阵的掌声和喝彩，这是平湖村民在平湖凤凰新村表演已停舞42年的平湖纸龙舞。

让纸龙在故乡重新舞动，正是深圳平湖人刘旦华数年里最为费心费力的工作。家学丰厚的他，退休之后热心家乡文化事务，与当地艺人和专家用时颇久，搜集资料，寻找知情前辈，专心系统整理，纸龙舞终于在春节期间进行了路面巡游和表演，受到居民的热烈欢迎。

“传统的平湖纸龙舞已停演许多年，弘扬非物质文化遗产是我辈应尽之责”，谈起自己对故乡文化的专注，刘旦华如此说道。他认为，这一区域文化能够得到弘扬和传播，更得益于各级文化部门与街道、社区领导的支持。

据悉，由于纸龙的制作方法和纸龙舞的乐曲、舞技等濒临失传，深圳平湖街道与平湖社区为了对其进行保护和抢救，将申报省、市非物质文化遗产。目前，《平湖纸龙》已经列入广东省级非物质文化遗产名录中。

谈及平湖刘氏纸龙舞的历史，刘旦华告诉记者，平湖纸龙是平湖刘氏先民千百年来，自中原南迁入粤世代相传的一项民间习俗，是平湖先民为驱邪灭妖、除难消灾，祈求新的一年风调雨顺、五谷丰登、国泰民安而每年春节必定表演的民间舞蹈。

据介绍，每次舞龙约由60余人组成，以狮鼓、大钹、锣作打击乐，以唢呐等为吹奏乐器。纸龙舞的内容和动作有许多种，包括“祥龙献瑞”、“龙入禹门”、“金龙缠柱”、“游龙戏水”、“龙逛花园”等造型；通常表演结束后，就将纸龙抬到河流侧畔，将其火化，意为“祥龙归海”。

文化之根的重新回归，文化精神的重新彰显，既是基层社区精神文化层面的境界显现，更是一个城镇在转型时代中焕发出的崭新气象。

记者同时了解到，在平湖街道的一栋300多平方米的楼房里，只要人们愿意舞文弄墨，总有一位和和气气的中年人士与你交流、答疑解惑。这是平湖书画协会最日常的一幕，书画协会的秘书长陆大海被大家形容为“文

龙年春节，纸龙舞动。

化义工”，而会员中约有1/3是工业区工厂里的打工者。

“这是新的现象，在社会转型期里，通过乡土民俗和基层文化的重构，促进基层人口群体的高度融合，为综合转型赢得机会”，有政经人士如此评价道。

事实上，强化文化引领和辐射功能，在有“文化之乡”之称的深圳平湖，正在开启转型升级新时代。

拆迁大考：拆迁成为平湖五年的工作核心

让平湖变样的准备，实际上从2007年便已经开始了。

为深圳市重大项目开展土地整备工作，既是落实全市战略部署，又是谋划自身转型升级。这成为深圳平湖5年里的工作核心。

城市新生的来之不易，或可从深圳市原金融基地的拆迁大考，窥知一二。

“举全街道之力”、“超前”、“群策群力”，这是平湖做好深圳市金融产业服务基地建设前期工作的认识和态度，他们认为基地落户平湖，将为平湖将带来千载难逢的发展机遇。

在金融基地拆迁工作中，首要工作就是拆迁安置调查摸底。对此，平湖街道“层层动员”、“以临战姿态”全力抓好宣传造势和拆迁安置调查摸底工作。

据当时的调查测算，建设基地及周边12条市政道路，共需拆迁各类建筑物约3600栋，拆迁面积260万平方米。他们召开各类宣讲、动员会，利用各种机会、场合和渠道，对包括平湖商会、台商会、香港平湖同乡会会员及老领导、老干部在内的社会各界人士和广大被拆迁户开展了富有成效的宣传发动工作，有效减少了拆迁安置工作阻力。

更为直接反映的是，为让城镇变样，平湖街道从街道、社区两级，抽调450人组成127个外业谈判小组，以金融基地项目建设领导小组办公室为作战指挥部，充分发挥退居二线老领导在群众中的影响力，紧紧依靠社区的大力支持，强力推进拆迁安置补偿前期调查摸底工作。数据显示，这个庞大的队伍，收集资料1209栋，完成总工作量的83.04％，为下一步拆迁安置补偿谈判工作打下了坚实的基础。

时间到了2008年，平湖再发力。他们以推动金融基地及其配套道路拆迁安置为轴心，完善城市功能，全力推进金融基地一期及其配套道路拆迁安置工作。在2007年抽调450多名机关干部和工作人员组成拆迁队伍的基础上，他们又新增160多名自愿报名参加拆迁的突击队员组成6个外业谈判大组。

深圳市规划的平湖高端新兴（金融）产业基地及相关重大项目，自土地征收工作开展至今，该街道各土地整备及房屋征收项目已签约补偿协议的房屋共计3264栋107.95万平方米（其中永久性建筑1554栋95.17万平方米，临时性建筑1710栋12.78万平方米），涉及补偿资金约29亿元。

今年该片区平吉大道的拆迁中，一处名为马哈比力拉面馆的谈判、搬迁拆除工作，进入了人们的关注视野。从该面馆的征收工作开展至今，平湖街道办领导和土地征收拆迁部门与拉面馆进行了许多次协商谈判，但均未就补偿事宜达成一致。前不久，在已经启动强制执行的该事件中，拉面馆在最后一刻顺利签约，这既节省了大量行政成本，又让多方最终取得了共赢。

“人情归人情，法理归法理”，平湖街道党工委书记黄惠波如此说。正是在这位基层领导的带领下，拆迁工作人员主动参与谈判，用真情实意感化搬迁群体，最终取得成功。马哈比力拉面馆和谐搬迁的前后变化、来龙去脉，得益于法理与人情二者关系的准确把握，这也给当前拆迁工作、基层干部作风与工作思路等带来新的启示。

腾笼换鸟之余，令平湖的众多拆迁工作人员与原住民群体疑惑的，则是新入驻的产业怎么一连三年尚未到来。

再造镇街：城市更新是城市功能升级的重要载体

“半月克八城”，这是深圳平湖城市更新项目拆迁谈判工作中的最新消息。

在深圳平湖旧墟片区，深圳平湖街道有关负责人告诉记者：“经过半个月的艰苦努力，旧墟片区未签约业主安置补偿工作实现飞速跨越，半月时间连克八城，一期工程中未签约业主仅仅剩下六大户啦。”

10月中旬，随着业主刘女士在城市更新搬迁协议上签下自己的名字，平湖街道拆迁谈判工作又向前迈进了一大步。此次刘女士与开发商签约成功，不仅实现了她自身的商业转型，而且对平湖街道整合社会资源，谋求拆迁谈判中业主、企业、社会“三赢”有着积极的意义。

据悉，此次签约的项目属于佳兆业旧墟片区项目，该项目是该街道规模较大，影响较广，进度较快的35个城市更新项目之一，总占地面积约40万平方米，计划分为三期进行。其中第一期项目共需搬迁业主181户，未签约业主仅仅剩下六大户，签约率超过95%；第二、三期项目已签约户数和已签面积也均超过90%。

“城市更新是推动平湖转型升级的现实需要”，龙岗区平湖街道城市更新办主任符涛如此认为。他介绍说，一直以来，作为龙岗区乃至深圳市主要的旧改阵地之一，平湖街道坚持把城市更新作为打造深圳质量、推动城市转型的战略举措，作为实现改善人居环境、优化人口结构、推进社会建设等特区一体化建设目标的重要手段，高起点规划、高标准建设，努力确保城市更新项目成为推动产业结构优化、社区经济转型、城市功能升级的主要抓手。

记者了解到，平湖街道近期计划及正在实施的城市更新项目共有33个，其中拆除重建类30个（已立项项目8个、正在申报立项项目9个、未申报项目13个），拆迁范围占地面积共376万平方米，综合整治类3个，占地面积共约107万平方米。

数据背后，正是平湖焕发新姿的现实和梦想。

蓄势待发：“平湖磁场”重振片区竞争力

重振平湖片区竞争力，绝非城市建设的推倒重来，而是包括产业引进、人才集聚、营商环境、社会治理、服务配套等一系列事关全局的综合作为。

深圳平湖片区最大的旧改项目——龟地—禾虾岭（岗宏融湖世纪一期融湖中心城），近日成为人们关注的焦点。这是平湖片区通过加快旧改步伐、着力提升整体人居品质的有效之举。

在龟地—禾虾岭旧改项目之外，众多城市更新项目不断接力：平湖街道对旧墟红朱岭片区更新项目采取领导包干制、工作常态化，目前取得显著成效；上木古旧村的“平吉上苑”更新项目，预计年内将开工建设……

深圳新近出台的轨道交通规划显示，平湖片区拥有轨道交通已经不再是遥不可及的梦想——未来在平湖片区的轨道交通既有城内公共交通，还有连接深莞一体化的城际交通。就片区交通而言，最新数据显示：平湖街道在建、拟建项目共有14条主干道、23条次干道及支路、一个交通枢纽中心。主干道中，有9条正在施工建设，其中，平大、平吉、清平二期、嘉湖路和平安大道部分标段今年底建成通车，其余5条主干道正在有序推进前期工作。

最终能否打造“平湖磁场”，最重要的环节取决于片区的营商环境与服务配套。

据悉，凤凰山国家矿山公园一期已通过国土资源部验收，二期登山道（含守珍园）已完成施工招投标，现准备签订施工合同及报建工作；平湖人民医院装修改造工程基本完工；生态园改造已完成施工图设计；平湖文化中心维修项目已开工建设；罗山公园项目已完成设计招投标工作。

诸多经验表明，城区再造不仅仅是产业经济上的，更是包括整个政府公共服务体系和治理理念。如何让政务效率提速、推进体制创新和职能转变，正是深圳平湖等基层镇街需要补充的短板。

深圳市一位资深观察人士认为，对于平湖片区的再造，影响更为深远的是深圳市、龙岗区、平湖街道三级政府发展与治理思路的共性与差异问题。“倘若上下齐心、目标一致，将能使得片区活力得到大大释放，大举增强区域发展的动力”。

“平湖的现状，非常像几年前的‘前海’，”龙岗区区长姜建军认为，“平湖街道要利用好区位优势，主动对接深圳中心城区，打通交通动脉，不等不靠，继续抓好配套设施建设、城市更新、环境提升、招商引资、土地整备等工作。”

可平湖的前路究竟如何？重新发现平湖，分明是重新发现珠三角基层镇街在转型时代中的原生活力与生机。

【样本】

龟地—禾虾岭片区旧改

历时8年多的准备工作，一个曾经的旧街区，将变身集居住、商业、学校、社康中心等于一体的现代社区，这是平湖街道龟地—禾虾岭片区旧改项目的历程。

据了解，由鼎宏公司实施的“融湖世纪”（龟地—禾虾岭）更新项目分为四期，建筑总面积为71.4万平方米。该项目总投资逾40亿元，将建成一个集居住、商业于一体的大型高档社区。目前，项目一期共17栋30层高的主体建筑已封顶，完成建筑面积30万平方米。

该项目配套有九年一贯制公立学校，36班幼儿园，4万平方米新古典风格园林，第一太平戴维斯物业管理顾问公司进驻，力创5分钟距离内包罗居住、教育、美食、娱乐、购物、休闲、健身等丰富的一站式城市生活形态，打造未来平湖新形象核心典范。该项目所在地辅城坳社区相关负责人告诉记者，项目一期封顶让居民看到了旧改的成果，为社区推进下一个旧改项目奠定了基础。

“城市更新就是为了改善平湖街道的城市面貌，达到‘改造一片、完善一片、城市化一片’的目的”，平湖街道城市更新办负责人向记者介绍，龟地—禾虾岭片区旧改将彻底改善当地社区的环境和面貌，对提升片区整体形象、完善公共配套设施都有极大的意义。

据悉，平湖街道目前正抢抓特区一体化发展机遇，着力建设生态宜居服务新城。平湖街道有关负责人告诉记者：“城市更新的首要意义，不在于赚多少钱，不在于多少项目，不在于建设多大面积，而在于让居民的幸福指数提高了多少。”

（刊发于2012年12月12日《南方日报·深圳观察》特03版）

贰 文化之乡

1．大围古村：外境皆吾境　他乡即故乡

临近正午时分，南方晴朗的秋日，将古村照得安详而又充满生机。尽管饱受阳光照射，历经风吹雨淋，大围古村整体上依然保留着老祖宗留下来时的模样。

大围古村，当地居民称之为“大围老屋村”。当地资料介绍，平湖大围位于平湖街道平湖社区，建村于宋代末年，至今700余年，20世纪末时居住户数约460余户，居住村民1300多人。平湖村素有“左青龙、右白虎”之称，人才辈出，19世纪的记载就称先后至少有5人考取了功名，成为举人或贡生。

这个曾经人才辈出的古村，如今居住的绝大多数为外来人员。年届五十的老徐来自河南，一家都居住在大围古村中的一栋老房子里，上下两层的空间里，住着全家4个人，一住就是近10年。屋主希望租客照看、维护老房子，并不收取她的房租。“房子夏天凉快得很。”老徐说话时，正在洗菜准备做午饭。

原住民也深深眷念着这个古村。74岁的刘阿婆是现住在大围古村里的2户本地居民之一。刘阿婆在村外建有新式楼房，但住了一阵还是舍弃不下老宅子，于是和老伴又搬回旧处，“我生在这里，住在这里，有感情了。”担心记者听不懂方言，刘阿婆比画着反复说道。

龙岗大大小小的古村落，大多数位于东部海滨地区，而地处龙岗西部、深莞交界处的平湖，向来商业繁华、商贾往来多，在距平湖中心区域不远的地方，居然有这样保存较为完整的古村落，颇为难得。

古村标志：祠堂香火

穿过几条路，拐过几道弯，越过东门，便到了大围古村。

这座据传为宋末年间建村的古村中，最为宏伟的建筑算是刘氏祠堂了。据说，与平湖大围村建立时间一样，刘氏宗祠亦于此时建立，距今已有700多年。随着刘氏家族的发展壮大，刘氏后人在平湖已建立了多个村落，同时建有3个刘氏宗祠。但3个祠堂均年久失修，于是平湖刘氏宗亲决定集资重修宗祠，并将3个刘氏宗祠合而为一。2004年，重修后的刘氏宗祠落成，如今平湖刘氏宗祠已成为联系海内外刘氏族人的纽带。

刘氏宗祠是一座气势非凡的典型明清时代广府风格的建筑。青砖琉璃瓦、雕花栏杆，让人一见难忘；门前两侧是直径近尺的麻石立柱，配上厚重的大门，显得十分庄严；大门两侧是“德培兰桂　馨荐频繁”的对联，横批是“德馨堂”。

厅内，横梁和墙上雕梁画栋，栩栩如生的壁画描绘了刘氏人家古朴的家风和家族名人的动人故事。在一面白墙上，书写着《广传公教子诗》：“骏马骑行各出疆，任从随地立纲常。年深外境皆吾境，日久他乡即故乡。早晚勿忘亲命语，晨昏需顾祖炉香。苍天佑我卯金氏，二七男儿共炽昌。”

刘氏宗祠为三进三开间二天井之砖瓦木结构，建筑面积约为200平方米，有前殿、左右厢、前廊、中殿、后廊、后殿等，功能齐全、布局严谨。一块遗留下来的一截古牌匾，上写有“……慈云施惠泽”的字样，颇显古朴之风。

负责祠堂日常管理的一名工作人员介绍说，祠堂后殿的供桌上端放着刘氏祖先的牌位和供品香火，供桌上的香炉还青烟缭绕。据说，每月的农历初一和十五是正式上香的日子，虔诚拜祖的居民络绎不绝，祠堂烟气缭绕。“这里是平湖刘氏族人的根，刘氏族人不论走得多远，都会回到这里寻根问祖。”

古村风物：粮仓古井

流传较广的一个传说，让位于平湖的大围古村更添神秘。

有人说，早期的平湖包括3个村——伍屋围村、大围村、松柏围村，巧的是，这3个村的形状都极像动物：伍屋围村的地形非常像一只螃蟹，大围村极像一只蚌，而松柏围村像一只虾！村民认为，螃蟹、蚌、虾都是水生动物，必须有湖泊才能成活，而当时这一带地区的地势较为平坦，既无江河，也无湖泊，水资源较为贫乏，出于对水的渴望，人们就将此地称为平湖。

在平湖村大围的背后，有一座海拔200余米的山峦，山上树木葱郁，山涧溪水长流，山势既挺拔又秀丽平缓，且此山形态酷似展翅欲飞的凤凰，故被方圆百里乡民称为“凤凰山”。

在大围古村里穿行，逼仄的巷道、斑驳的墙面、精致却老旧的木雕花，以及种植的各类瓜果蔬菜，让大围村显得富有生气。

辗转其间，一栋高大厚实的建筑让来者惊奇，那便是当时的粮仓。不过，对于眼前的这座建筑，已经很少人能够透彻地讲出它的故事。另一处，一个圆柱形的建筑物矗立着，一侧的水管流出水来，当地居民介绍说，这是大围村的水塔，以供生活储水之用。

环绕古村一周，再回到刘氏祠堂，发现一口古井。古井井口一半被铁栅栏锁上，可从另一半取水。正午时分，一名男租客正用桶从深井中取水冲凉，一名女子则用井水浣洗衣物。阳光下，古井水波轻荡，映出上空的云彩，更显幽深。当地居民说，古井又称“八卦井”，其用于保护古井的围栏形为八卦。

古村往来：他乡故乡

“年深外境皆吾境，日久他乡即故乡”。刘氏宗祠墙面上的那句古训，映照了这个宗族悠远的过去，也道出了如今的人事。

平湖社区提供的相关资料显示，20世纪八九十年代，大围村原村民在周边大量兴建楼房居住，大围村的居民不断迁离本村，导致村落年久失修，且存在严重安全隐患。迄今为止，原村民几乎全部搬离大围老村，现居住在大围老屋村的主要是外来人员，约1000人左右。

大围村的老人刘阿婆家门口正对着一条小巷，小巷两侧分布着不同的人家。因旁边的人家多数未住人，她将凉席摆放在门口，这是一个夏日纳凉的好地方。

老人见到我们，很是热情。刘阿婆是地地道道的大围村人，“我生在这里，住在这里。”老人取出一支烟，吸上一口，聊了起来，74岁的她看上去精神矍铄。

和许多原村民一样，刘阿婆新建的楼房在村外，但住上一阵后，还是觉得老房子凉快，于是又和老伴搬了回来。清晨的一掬井水、一声鸟啼，夜晚的一声啾鸣，石板地上也许添上一层露水，这样的老宅生活，让刘阿婆感到很是满足。

如今，这里只有两户原住民居住在大围村；余下的大小住所多为外地来平湖打工的人居住：这家生起了煤火，那家正在淘米洗菜，这边的汉子忙活了半天回来，那边的孩子中午放学回家。这样的生活，在老旧的房子里，因排水排污设施不畅而有些脏乱，但也显得热气腾腾。

无论是当时迁居于此的刘氏家族，还是这些年流转到这里的新客家人，大围古村已经成为生活栖息之地，也安放着许多生活其间的人们夜晚的梦，梦里不辨他乡与故乡。

（刊发于2009年10月14日《南方日报》D04版）

2. 最基层的书画协会

草根群体自工业区来

没有作画的台面，就抱开被褥，以床板为桌；没有专门的创作时间，就挤出饭后和周末的时间在纸上挥洒；遇上协会要举办展览，就和工厂饭堂的老乡通融一下，在夜深人静的食堂饭桌上创作。这是工业区内书画爱好者的真实情状。

11月25日那天的大展会，画鸭子的阿龙回来了。

他从厂里跑出来，看到自己的作品和大家的一起展出，心里很是激动。

这场大展会是龙岗区平湖街道在龙岗文化中心举办的“翰墨丹青迎大运”书画展。

一个街道捣弄的书画展，展出了150多件会员原创的书法绘画作品。龙岗区委常委、宣传部长熊国伟不禁赞叹：“没想到，一个街道能够办出这样规格与水平的书画展会。”

阿龙的名字叫冯一龙，打工群体中的普通一员，此前是平湖街道书画协会的会员，协会里的人都亲切地叫他“阿龙”。

“虽然他工作的工厂已经从平湖搬到其他地方，但他经常回来，能感觉到阿龙很喜欢协会，把这里当成了家。”深圳市龙岗区平湖街道书画协会的理事说。

平湖书画协会会长刘达华介绍，目前协会的100多名会员中，像阿龙这样的打工者占了1/3，虽然工业区生活枯燥，经常加班，但不少爱好书画的年轻人还是挤出时间认真练习书画。

寥寥数笔，淡墨加上鹅黄，流色在白宣纸上，大肚老者背着包袱似乎就要从画里走出来；一侧的草书中堂，重墨书写的七言绝句《菊花》尽显金石意味。

摆在观众眼前的这些作品，尽管多少还有些不够圆熟，但对于年近40岁的江西汉子刘贵柏而言，这是在工厂作息之余挤出时间来创作的作品。

协会理事透露，没有作画的台面，刘贵柏就抱开被褥，以床板为桌；没有专门的创作时间，他就挤出饭后和周末的时间在纸上挥洒；遇上协会要举办展览，就和工厂饭堂的老乡通融一下，在夜深人静的食堂饭桌上创作。

这是打工者群体书画创作的真实一景。

“在工厂里打工，各种条件不大成熟，但他们真的很认真，让人动容。”平湖书画协会会长刘达华、协会理事陆大海感慨地说。

在东莞市清溪镇的一个工业区内，偌大的办公室里陈列着两个台面，一个是日常处理公务的办公桌，一旁则是一张巨大的书画台，万金宝正忙个不停：左手拿着无绳电话谈公事，右手拿着大小不一的毛笔绘墨竹。

他也是在工业区内生活和工作的书画协会会员。

这样的“三心二意”，万金宝早已经习惯——由于公司不久前从平湖搬至清溪，作为一家公司的老板，他有太多的事务要打理。但从十几岁就开始酝酿的书画梦，万金宝不舍放弃。

“我的业余时间很少，我也很明白这一点，所以我专心只画竹。”为了画好竹，万金宝甚至专门拜师学了墨竹的绘法。

这个包罗万象的最底层的书画协会的会员，既有公务员、警察、医生，也有企业老板、打工者和土著居民，会员年龄最大的为73岁，最小的不到10岁。

“文化之乡”里的土著们

这个被认为是“文化之乡”的镇街，有着长久以来的文脉上的传承，“从娃娃抓起”似乎成为平湖书画协会尤其是土著会员们的共识，他们希望“文化之乡”的文脉一直延续下去。

深莞交界的平湖社区，平湖书画协会理事刘旦华在居民楼里挥斥方遒。这个土生土长的本地居民，在茶余饭后琢磨着篆书的创作。

他所在的村庄及周边，爱好书画的土著有一大批。“这是我们平湖作为‘文化之乡’的传统，传统不能丢啊。”刘旦华说。

在平湖街道的老者们看来，这个被认为是“文化之乡”的镇街，有着长久以来的文脉上的传承，当地还流传着“平湖四大才子”一说。这些土著才子多属长老级人物，在家族和地方上享有声名和威望，或懂诗文，或习书画，或通音韵。

平湖书画协会会长刘达华便是在这一氛围下长大的。很难想象，作为平湖街道书画协会会长的他竟是一个“80后”，却带领着叔伯一辈的书画爱好者，捣弄出龙岗全区唯一一个镇街级的书画协会来。

“如果有一天，我们能够将村里的妇女们从麻将桌上领到书画桌上来，那该多好啊。”平湖书画协会理事伍寿鹏笑道。

今年，平湖书画协会在街道文化宣传部门的帮助下，在辖区内的中小学刮起了书画风。上半年，一场大型硬笔、毛笔书法大赛在平湖拉开帷幕，众多教师、中小学生握笔挥毫，书画协会的组织者为此乐不可支。

这是本乡本土里乡情的力量。“平湖向来有着崇尚文化的传统，文化艺术氛围浓厚，书画爱好者众多。”平湖街道办主任钟春平说。

甚至，一个9岁孩子的母亲找到了平湖街道书画协会，帮孩子报名加入书画协会，这个名为卢文轩的9岁小学生最终成为书画协会里最小的会员。

“从娃娃抓起”似乎成为平湖书画协会尤其是土著会员们的共识，他们希望“文化之乡”的文脉一直延续下去。

曾在平湖街道平湖社区挂职工作的龙岗区委宣传部干部秦小鹏感慨地说：“在平湖我真是见识到了‘藏艺于民’，我觉得真正的原住民的文化生态等待我们去引导、去挖掘。”

政府与民间的源源支持

与政府中心工作的互动，既让平湖书画协会得到了官方的认可，又在现实中获得了资金支持，如今，平湖书画协会拥有了第一笔稳定的收入——每月1000多元的房租。

“画出明天的平湖”，这是龙岗区平湖街道党工委书记文枫对书画协会的寄望。

深圳市金融产业基地要入驻平湖街道，在早些年开始的土地整备工作中，动员居民拆迁成为一件不容易的事。而与政府中心工作的互动，既让平湖书画协会得到了官方的认可，又在现实中获得了资金支持。

2009年上半年，在“建设金融基地，和谐阳光拆迁”书画展前夕，为了围绕“拆迁安置”这一主题进行创作，不少会员煞费脑筋。街道党工委书记建议“画出明天的平湖”，于是诞生了不少新旧对比的作品。

协会理事于湘波对一件事记忆犹新。汶川地震后不久，会员们将创作的书画作品进行抗震救灾义卖，原计划筹三至五万元，但现场拍卖和认购最终筹得善款13.67万元，其中一件作品拍得2万元。

“街道宣传部的支持、工会的合作、经科部门挨个儿电话邀请企业参加，才让那次活动获得了很好的效果。当时街道办一个副主任为现场气氛所感动，从办公室取下一幅《万马奔腾》的书画，也参与了义卖；活动所在地的手机店老板也拿出店里的手机自发义卖起来，麦当劳、肯德基的店员们也送来食品……”想起这件事，于湘波仿若昨日亲历。

“党工委宣传部的工作就是为协会搭好台，帮助其走出去办展会，一方面起到沟通和交流的作用，另一方面大举提升影响力。”平湖街道党工委宣传部长高文荣说，如果平湖能够出一个全国书协、全国美协的会员，那就是一件令人自豪的事。

在平湖书画协会不少理事看来，街道对协会的帮助和指导用到了点子上，像区级大展会本是一个街道级书画协会不可能完成的事，却让平湖在龙岗区开了先河，使这个书画展成为一桩美谈。

当然，民间力量也是书画协会成长中的一支重要力量。

在当地，平湖书画协会被喻为“最穷的协会”。由于没有固定的经济来源，单纯依靠政府支持难以为继，当遇到办画展、作品印刷汇编这样的大事时，平湖本地的土著企业家、香港和荷兰等地的爱心同胞便慷慨解囊。

热心支持文化事业的香港同胞刘立基、王丽容两位原平湖土著得知协会经费紧张，主动联系协会，捐赠了自己300平方米的三层自建房。如今，协会每月有1000多元的租金收入，这算是协会的第一笔固定收入。

对于平湖书画协会，荷中友好文化交流协会会长刘伟林有一个更大的梦想，那便是“走出国门，走进世界”，这位原籍平湖的爱心人士希望与故土的书画协会多交流，共促中荷友谊。

逐渐和谐的工业生态

那些身着统一工作服在车间上班的工人，那些忙于各种事务的街道办工作人员，那些周旋于人口和出租屋治安管理的警察，那些专注于居民和外来人员身体健康的医生，那些以出租房为主要收入来源的本地居民，逐

"草根"秀场。

渐与书画结缘，渐渐和谐着这座镇街曾有的工业生态。

11月25日，龙岗区文化中心热闹非凡，高朋满座。

这是一个让平湖许多人都会记住的日子。这天，龙岗文化中心举办"翰墨丹青迎大运"书画展，主办方是平湖街道。

"没想到，一个街道能够办出这样规格的书画展会。"在惊叹背后，与曾经30年传统工业镇街形象不同的是，宣纸上的平湖博得了外界的注目。

这一天赶去现场观摩的，有不少平湖街道辖区内的居民和外来打工者：本地居民一家扶老携幼前来参观，年轻的打工者从厂里请假赶来一睹作品风采。

纸上的淡淡墨香、浓浓油彩，开始逐步改变一个传统工业镇街的生态。曾以"三来一补"等制造业为主的平湖街道，在轰鸣的机器声外，人们似乎闻到了书卷味。

在平湖街道办的机关大楼里，长长的走廊墙壁上，悬挂着的是书画协会选出的优秀作品；在当地的酒楼饭馆里，出自平湖书画协会会员之手的作品比比皆是。

“也许我们这一代出不了什么名家大师，但希望下一代有更大的成就。”书画协会一名理事说，“全民参与”是他们的目标。

只要交两幅作品就可进入协会，如此低的门槛让平湖书画协会在基层获得了生命力。对于那些没有更多收入来购置纸笔的打工者群体，协会还会为其购买宣纸等，以彰其求学之心。

此外，协会还不断与外界交流，与辖区内各单位往来，书画进军营、进社区、进机关、进企业，成为一个又一个的注解。

让全民参与，还是走更为专业化的路子，成为平湖街道书画协会的两股潜流。有局外人士认为，普及辖区内的文化氛围固然重要，甚至在某种程度上应该不遗余力，但真正衡量一个协会的成功与否，其最终形象和影响力取决于作品本身。

“靠作品说话”是平湖书画协会理事陆大海对自身的要求。这名广西籍书画爱好者从部队退伍后，开始潜心现代山水画的创作，对于书画作品的严肃追求让他常常在一张画作上花费数个月甚至半年的时间，“为了画画，我疏远了许多兴趣不同的战友，他们第一次叫我出去玩我不去，第二次我还是不去，第三次他们就不再叫我了”。

“改革开放初期，平湖人抓住机遇敢闯敢试，书写了农村工业化的壮丽篇章，也率先走上了富裕之路。如今，当我们向着又一个30年再上路、再进发之时，如果我们的居民都能于浮躁红尘中修得几分定力，乐做喜文化、懂艺术、有追求的高素质市民，实现产业转型升级、建设和谐文明龙岗岂会远乎！”在平湖书画作品集《翰墨丹青迎大运》序言中，龙岗区领导熊国伟这样写道。

“曾经的经济发展打下了如今的基础，文化精神生活的追求成为了街道一级人口新的要求。对于平湖而言，到了打造和彰显软实力的时候了。”高文荣认为。

平湖书画协会会长刘达华和数名理事的近期计划是，拥有一个比较上档次的办公、展览场所，聘请一名专职工作人员，把这个“最基层的协会”办得更大。

（刊发于2010年12月8日《南方日报》AⅢ04版）

3．“文化之乡”开启转型升级新时代

在东面，凤凰山国家矿山公园即将揭碑开园，这一新的地标式建筑将惠及周边片区的众多市民；在西面，堪称工业园区内“绿肺”的平湖生态园，正在稳步开展保护改造前期准备工作……

在深圳龙岗区平湖街道，高起点规划辖区内的“一东一西”两园建设，可看作是该街道大力规划建设文化惠民工程、促进辖区转型升级工作的缩影。

众所周知，作为先行发展地区的平湖街道，土地资源已经十分紧缺，文化硬件设施的规划与建设，既关系到民生幸福，又在一定程度上影响着城市功能的完善和发挥。如何改善文化民生、健全公共文化服务体系，实现文化成果共建共享，成为平湖街道重要的职责所在。

记者从平湖街道获悉，除“一东一西”两园建设外，他们正在积极做好占地面积43000平方米的平湖体育中心和总占地面积123.60公顷的罗山公园的前期工作，同时正在抓紧完成平湖会堂（文化中心）的功能改造、内部装修工程。据悉，完成后的平湖会堂将成为集文化艺术、健身休闲于一体的综合型公共场所，将大举提升平湖街道城市功能和片区综合形象。

作为转型升级样本的龙岗区平湖街道，在文化领域连连发力，通过增强文化引领和辐射功能，从而提升辖区民生幸福、促进转型升级，这一思路与实践不无意义。

文明创建：文化清香提升城区品质

“同住一座城，共爱一个家”，这样鲜明的主题，出现在日前平湖街道举办的城市公共文明主题宣传实践活动上。

凤凰山国家矿山公园开园。

在当日的活动现场，既有形式多样的文艺宣传、文明礼仪知识问答、曝光不文明图片展，也有街道党工委书记等领导带头参与的现场签名承诺倡议、团员义诊咨询等。平湖街道党工委宣传部门还向周边居民派发了专门编印的“文明与你同行，创建从我做起”宣传册。在启动仪式后，该街道党员志愿者、公务员志愿者、巾帼志愿者、社会志愿者，走上街头开展义务清扫、交通劝导等文明实践活动。

每一个人文明迈出一小步，城市文明就提升一大步。在龙岗区文明办有关领导看来，平湖举办的城市公共文明主题宣传实践活动等一系列创新思路，已经成为全区文明创建的品牌。

据了解，平湖街道十分重视抓好三个文明建设，在推动经济社会协调发展的同时，全力推进道路等城市基础设施建设，不断完善硬件条件；不断创新文明创建活动形式，始终坚持以提高市民素质、树立文明新风为指向，以社会共建共推、群众广泛参与为途径，充分发挥群众团体、社会志愿服务组织和文明形象大使的带动引领作用，取得了显著成效。

骑动平湖。（刘自得 摄）

记者获悉，近年来该街道精心打造的书画摄影、自行车公开赛、“激情五月”文体节系列活动等群众性文化体育品牌，逐步得到周边片区甚至东莞等地的关注和参与；连续几年开展的“十大和谐企业”、“十大文明家庭”以及“文明道德模范先进人物”等活动深入人心，扶贫济困、奉献爱心的平湖巾帼互助会曾荣获全国“三八红旗集体”、“广东省文明单位”称号，成为全省、全市精神文明的一个先进典型。在不久前举行的“广东好人”评选中，该会会长黄翔荣获广东省2012年第一季度“广东好人”光荣称号，成为深圳市唯一获此殊荣的市民。

在近日的平湖街道，凤凰山国家矿山公园矿山博物馆内的一场文化活动，则赢得了众多书画爱好者的关注和参与。据平湖书画协会相关负责人介绍，本次书画展征集会员作品130多幅，与以往举办的书画展相比，这次书画展上展出的作品创作水平大幅提高，形式更加多样。这些作品或循传统抒诗意，或随时代求韵致，主题鲜明，格调高雅。

正如该活动宣传的“淡墨清香，魅力平湖”主题，一个街道能够举办不低规格的书画展览，正是在转型时期提升文化软实力、片区形象、综合竞争力等多重意图的体现。

载体创新："一社区一品牌"促社区转型

雅俗共赏的广场音乐会，社区、机关单位和企业均组队参加的趣味运动会，表演内容各式各样的家庭才艺比赛，以及五人制足球赛、羽毛球比赛等，如此丰富的覆盖全街道各类人群的群众性文化活动，在平湖街道接连举办。

为营造健康欢乐、充满活力的群众文化氛围，从2012年5月份开始，平湖街道举办"激情五月"文体节系列活动。上述众多精彩的项目，正是该街道"激情五月"的活动内容。

对于历史文化资源的挖掘和传承，成为平湖街道文化宣传部门的重要工作。据悉，口传身授、根深叶茂的民间传统文化，如今在平湖得到了较好的传承。如有着100多年历史、内涵套路别具特色的民间艺术——平湖社区舞纸龙和鹅公岭、白坭坑社区的舞麒麟，近几年来在街道的扶持下重获新生、大放异彩，目前正在申报省、市非物质文化遗产。

让社区文化品牌叫得更响，这正是平湖街道今年启动的"一社区一文化品牌"创建工作目标。据悉，除上述不同社区的传统民俗文化已经在街道备受瞩目外，上木古社区的柔力球、鹅公岭社区的太极扇、良安田的腰鼓等具有广泛群众基础的文艺项目，也将作为特色文化得到平湖街道的扶助。

最年长者77岁、平均年龄达66岁的社区老年乐队，走上公共文明主题宣传实践活动的舞台，近20位成员一连合奏和演绎3首广东民乐及歌曲，博得台下数百位观众的掌声和喝彩。这支名为"红夕阳"的老年乐队，全部由平湖街道山厦社区居民自发组成，在当地居民群众中具有一定的影响力。

事实上，包括“红夕阳”老年乐队在内的逾10个群众文艺活动项目，已经被平湖街道确定为社区品牌项目。

平湖街道有关负责人告诉记者，他们将对社区文化品牌进行系统的布局、整合和帮扶，争取通过品牌效应，以点带面，以面带片提升社区文化品位，推进社区文化建设。

“既要通过文化惠民系列活动，使全街道的市容市貌、公共文明有较大改观，更要立足长远，全面落实治本之策，把文明创建活动与服务群众、改善民生、促进社会和谐稳定结合起来，促进平湖经济社会转型升级、协调发展。”平湖街道党工委委员、宣传部长高文荣告诉记者。据悉，2012年平湖街道部署了六大方面23项文明创建和群众文化活动。

有序引导：社会力量彰显共创共建活力

平湖街道一栋300多平方米的楼房里，只要人们愿意舞文弄墨，总有一位和和气气的中年人士与你交流、答疑解惑。

这是平湖书画协会最日常的一幕。书画协会的秘书长陆大海，就是人们平日里总可看到的那位和气的中年人。对书画有着浓厚志趣的陆大海，其艺术创作已得到不少专家的认可和好评，本来一直是与师友同道交往、在家中勤习书画的，可如今他全身心地扑在了书画协会上，有人形容他“已经把书画协会当成了自己的家”。

只要有会员来协会办公室，或者对书画艺术有兴趣的人们，均可得到陆大海等协会骨干的指导。“有时候他为了指导会员的学习、让会员更有长进，陆大海耽误了自己很多的创作时间”，平湖街道有关人士将陆大海形容为“文化义工”，并对此深为感动。

平湖书画协会的办公楼房，还有另一个让人感动的故事。70多岁叶落归根的平湖籍香港同胞刘立基、王丽容夫妇，热心支持文化事业，当得知书画协会办公场地和经费紧张时，主动联系协会，捐赠出自己300多平方米的三层自建房，作为协会的办公活动场所。

这个被认为是“最基层的书画协会”里，约有1/3的会员是来自工业区工厂里的打工者，可在艺术学习和创作中，外来者与本地居民等各种群体的参与者，通过艺术彼此完全融入。

平湖书画协会，是平湖街道社会力量共创共建、参与中心工作的缩影。宣传动员社会组织和社区居民、外来建设者积极参与，努力营造社会共创共建的浓厚氛围，这成为平湖街道的重要理念。动员各种社会力量参与街道中心工作彰显出巨大活力，通过文化的辐射力凝聚共识促进转型升级，成为平湖街道这一工作探索的经验之一。

（刊发于2012年6月6日《南方日报》AⅢ03版）

4. 文明创建再发力

召开一次部署会、建立一个包干机制、抽调组建一支队伍、发动一次广泛宣传、举办一次业务培训、开展一次交叉互评、组织一次实地考察、开展一系列主题活动，日前，龙岗区平湖街道召开工作部署会，开启了该街道以“八个一”为主要措施的城市文明创建的新热潮。

与此同时，平湖街道根据不同人群的不同特点与需求，逐步建设不同类型的“道德讲堂”。目前平湖巾帼互助会已经先行建立“道德讲堂”示范点，并在当地取得较好反响。

12名干部挂点街道指导文明创建

以“时不我待”的工作姿态，以“寝食难安”的敬业精神，以“众志成城”的团队精神，以“全民动员”的舆论声势，掀起创建文明城市的热潮。本月初，龙岗区区长姜建军在会议上如此要求。

在平湖，争取群众的理解和认同成为此次文明创建的重要一环。为此，该街道印制了一批给市民朋友的一封信、入户调查温馨提示等，这些流露着情感的信笺将与入户调查问卷、宣传手册等一道发放到辖区居民的手中，促使居民自觉自愿地养成文明行为。他们还会到群众家里开展不记名社情民意调查，了解群众对公共环境及秩序等的意见和建议，从中找出不足，采取切实有效的整改措施查缺补漏，促进市民文明素质和城市文明水平持续提升。

值得一提的是，该街道特别抽调12名科级干部为文明创建指导员，分别挂点街道12个社区，主要负责公共文明创建工作的具体指导和上传下达工作，指导社区有针对性地开展工作。同时，以提升公共环境、公共秩序、交通秩序等为重点，成立公共环境、公共秩序、窗口服务等3个检查组，加强检查指导，并采取切实有效的整改措施查缺补漏，促进市民文明素质和城市文明水平持续提升。

“道德讲堂”走近大众

“广东好人”走上讲堂，畅谈自己的人生历程，对爱情、婚姻、家人、公益和慈善的理解与做法，台下与台上亲切互动，这是上周三平湖街道新建的“道德讲堂”示范点的一幕。平湖街道有关负责人告诉记者，“道德讲堂”示范点的启动，将有力推动街道和社区文明创建工作，逐步提升居民的文明风尚。

记者在当日启动仪式现场看到，由平湖巾帼互助会先行建立的“道德讲堂”示范点，邀请平湖道德先进人物、爱心形象大使、文明形象大使以及社区群众、外来建设者参加，以“热心公益事业，倡导互助友爱，弘扬传统美德”——听身边人讲述身边故事为主题，现场观众一起学唱《感恩的心》，“广东好人”黄翔以自己的切身经历与大家互动交流，把整场活动推向高潮，现场有企业员工加入公益慈善队伍。

身边人讲身边事、身边人讲自己事、身边事教身边人，平湖“道德讲堂”以平易近人的形式走进居民身边。据介绍，为进一步增强公民思想道德建设的吸引力和凝聚力，引导市民投身道德实践活动，不断提升居民思想道德修养、社会文明程度和城市建设水平，促使全街道道德建设的氛围更加浓厚，“道德讲堂”建设分动员部署阶段、示范引领阶段和全面推广阶段三个阶段进行，最终形成科学有效、各具特色的讲堂模式。记者注意到，他们针对不同人群的特色和需求，逐步开设不同类别的“道德讲堂”，其中包括企业、行业、新市民“道德讲堂”和社区“道德讲堂”。

（刊发于2012年8月22日《南方日报》AⅢ03版）

叁 村社之变

1．新木启示

“工作组”，这个容易勾起人们不少传统记忆的名词，再一次出现在改革开放前沿的珠三角的深圳、东莞交界的一个村社，究竟意味着什么？

倘若没有这个“工作组”的到来，很难想象位于深圳市龙岗区平湖街道的新木社区，如今有什么样的变化。

至少，对于新木社区组织委员刘秋萍来说，现在的工作“忙了很多”，“感觉有了冲劲”……而工作在新木社区近10年的工作人员的这些贴切感受，多少反映出新木转身的背影。

龙岗区平湖街道党工委组织部长李相宏告诉记者，从2011年4月起派驻“新木社区工作组”的一年时间里，这个平湖街道最落后、最穷的社区，开始发生种种改变。

一个新换届班子的战斗力究竟有多大？一个社区的力量究竟有多强？

新木转身的背后，留给人们无尽思考。

平南铁路畔的新木

新木社区一度成为平湖街道“经济几乎年年垫底”的社区——社区总收入甚至出现了负增长。

位于平南铁路沿线的村镇，因为仓储业发展的便利因素，一度是20世纪90年代深圳经济发展的重点地区。

这条1993年通车的铁路正从新木社区横穿而过。“客观上而言，因为铁路沿线的严格控制，给新木的社区发展带来了阻碍因素”，一位在当地工作近20年的干部告诉记者。

许多年里来来往往的列车，最终没有让这个社区在新的世纪里“独领风骚”，相反成为平湖街道“经济几乎年年垫底”的社区——社区总收入甚至出现了负增长。

“新木社区，挺穷的，这可能是大多数平湖人对新木社区的第一印象”，平湖街道一位干部如此认为。据悉，新木社区占地总面积4.2平方公里，下辖3个居民小组；社区现有常住居民220户，常住人口633人，外来人口约30000人。

一份工作调研中如此记录着2010年的新木社区的经济运行实况：“社区拥有工业小区3个，各类工业企业170多家。新木股份公司拥有集体厂房7栋，现全部出租。租赁厂房及宿舍面积约2万平方米。集体经济一级总收入596万元，社区股份公司一级人均分配（补助）500元……”

深圳龙岗区平湖街道有人士介绍说，新木社区在平湖街道办所辖的12个社区中是最落后的一个社区，经济发展、市政建设、民生福利等均显滞后，社区居民意见较大。

“处于深圳‘边缘地带’的新木社区穷一点似乎也情有可原，可新木社区的各项客观条件都与其他社区差别不大，是什么原因造成了新木的‘穷’呢？”在此背景下，一个由平湖街道派驻到社区的工作组呼之欲出。

村里来了个工作组

在这两份近万字的《新木社区班子调研报告》、《社区经济发展调研报告》中，工作组发现了新木发展的“症结”。

符涛就是这个工作组的组长。

这个本职工作是平湖街道动物防疫监督所所长的干部，清晰地记得工作组下社区的目的：“深入了解影响社区发展的具体问题和深层次原因，找出阻碍新木社区发展的‘毒瘤’，协助新木社区摆脱困境。”

两份调研报告，成为这个工作组的最初成果。在这两份近万字的《新木社区班子调研报告》、《社区经济发展调研报告》中，工作组发现了新木发展的“症结”。“其深层次原因在于社区基层党建工作不力，领导班子不强。工作组在调查中了解到，社区群众认为原社区班子不团结、能力差、没有为群众办多少实事，因此居民意见很大”，调研报告中如此写道。

据了解，新木工作组分别采取问卷咨询、上门走访、单独座谈等形式对社区进行调查，发放问卷100份。记者发现，他们调查走访了绝大多数的社区党员，新木社区党支部现有正式党员57名，他们调查走访了46人。

为了确保调查工作收到良好的效果，使接受调查的党员、群众讲真话、说真事、摆真情，工作组一方面公开宣布调查纪律，并做出保密承诺；一方面对需要了解的问题进行归纳、整理，采取问卷形式征询党员和群众意见。对社区重大项目建设等问题，工作组进行及时的解释、疏导，消除了群众的误会，化解了干群矛盾。

社区换届选举

这次选举基本上看不到过去那些不正常的拉票现象，群众的觉悟提高了。

“几十年以来，我从未看到新木选举像这次这么顺利，这么成功”，这是新木社区一位60多岁的退休村干部眼中的2011年社区换届选举。“过去搞选举都是请吃、请喝、请洗脚、请唱歌，千方百计拉选票。这家请了那家请，没完没了。这样选出来的村干部能好到哪里去？而这次选举基本上看不到过去那些不正常的拉票现象，群众的觉悟提高了”，他对此感慨道。

健身休闲公园的建设，文体广场的改造，道路硬底化改造，路灯的改造，体育球场的改造，校车缺乏的难题，诸如此类与居民生活息息相关的19个项目，一日之内得到回应和答复，这成为了社区民意向背的风向标。

新木社区居委会主任李智忠告诉记者，在平湖街道办的大力支持下，新木社区规划了6条村道硬底化、办公楼广场改造、文化休闲广场建设、文新路改造等19项市政建设项目，总造价1000多万元。目前6条村道已全部完工并交付使用，其他各项市政设施工程也正在落实中。

除了社区基础设施的完善和改造，新木在较短的时间内呈现出新的发展态势：

经济发展实力有所增强。新班子通过盘活社区物业、盘活面积达1.5万多平方米的合并荒地、盘活社区存量资产、盘活社区旧城资源等“四项盘活”，使社区的经济现状有所改善，发展后劲明显增强，社区集体经济扭转了之前的下滑态势。

社区重大历史遗留问题得到妥善处理。在新班子和工作组的多方努力下，社区收回了因历史合作原因而被他人久占的闲置土地，可直接为社区增加1亿元左右的固定资产；妥善解决了原村民统建楼项目遗留问题，与原合作方解除合作合同，获得重新规划、重新建设权，最大限度地保护了社区集体利益。

社区股份合作公司监管初见成效。新班子与工作组一道，一手抓股份合作公司班子调整，提高班子人员素质；一手抓企业经营管理水平提升，完善公司经营管理制度。

社区的力量有多大

新木社区组织委员刘秋萍目前正在着手编辑新的一期《新木之窗》，在社区工作近10年的她心态也有了变化。

如今新木社区的每位工作人员，都需要在指纹打卡机前触摸一下，记录上下班时间了。这一看似细小的变化，却让新木社区的工作作风大大改变。

据介绍，新木社区在完善社区领导班子组织建设的基础上认真开展班子思想作风建设，他们从工作制度、工作纪律入手，出台了《新木社区考勤和请假制度》、《新木社区会议制度》、《新木社区值班制度》等。

新木社区组织委员刘秋萍目前正在着手编辑新的一期《新木之窗》，在社区工作近10年的她心态也有了变化。

“感觉有了更强烈的责任感，属于自己那一部分的工作，有了更大的压力，有一种东西迫使我去完成；上班有了活力，有种冲劲在那里了”。刘秋萍告诉记者自己的心路之变。

最直接的莫过于社区居民对于这个班子的目光。

刘秋萍告诉记者：“以前直接说、开口骂，也不愿意提意见；现在居民对于这个班子比较客气、比较好，怨气少了，他们希望我们把这些民生项目做好，大家说话的态度语气都悄悄改变了。”

“我们这一届是最好的班子”，刘秋萍如此自信地认为。

记者看到，新木社区未来3年的发展初步规划显示，“严格控制社区年度支出，力争环比下降8%；社区股份公司力争在2011年实现扭亏为盈，2012年实现利润50万元，2013年争取实现物业资产增值”，“大胆地杀出一条血路，把新木引向经济社会发展的快车道”。

（刊发于2011年4月20日《南方日报》AⅢ02版）

2. 平湖社区综合转型启示

在社区经济面临较大压力的背景下，平湖社区经济同比却稳步增长，预计今年增长约8%。“这是我们多届社区班子打下的坚实基础”，在平湖社区党支部书记刘建基看来，社区经济的稳定发展得益于较早从单一出租经济向“工改商”、产业升级、吸引高科技企业、逐步增加多元化投资等一系列转变战略。

实体经济稳定发展的同时，平湖社区的环境与面貌井然有序：居民统建楼——凤凰新村里，居民怡然自得；社区农贸市场经过今年初投入60万元的更新改造，如今焕然一新；2011年11月动工兴建的社区文体中心，建筑面积约8000多平方米，即将投入使用。

“通过我们的共同努力，力争让平湖街道一年有变化、三年大变化、五年华丽转身”，在龙岗区调研会上，平湖街道党工委书记黄惠波如此表示。

平湖社区的转型得到了当日与会领导们的高度肯定，深圳市委常委、龙岗区委书记蒋尊玉不无感慨地说：“全区其他社区应该向平湖社区学习！”

综合情形：社区转型发展典范

“这是社区居民节约土地、自我管理、自我完善、转型发展的典范”，龙岗区平湖街道有关负责人如此表示。

9月12日16时多，秋日的阳光依然强烈，在居住小区的广场绿阴处，正在尽情跳舞的居民们不经意迎来了特殊的访客——深圳市委常委、龙岗

深圳全市最大的原村民统建上楼项目——凤凰新村远眺。

区委书记蒋尊玉，龙岗区区长姜建军率队的调研组。

这个名为平湖社区凤凰新村的居住小区，从外界看来，与商业开发的楼盘无二，却是平湖社区原村民的统建上楼项目。据介绍，凤凰新村占地面积5万平方米，建筑面积为16万平方米，共17栋816套。按照“统一规划、统一建设、统一配套、统一分配、统一管理”的原则进行建设的平湖凤凰新村，成为原村民集中聚居，完整保留原自然村落淳朴善良、诚信友爱、和睦互助等传统美德和品质的现代化新型居住小区。

“综合来看，前30年的改革开放，社区的发展是相对无序的，其中重要的一点就是工业厂房与居民居住区混杂在一起，缺乏文化设施、医疗卫生和社区公园等公共配套，”在调研会上，蒋尊玉对平湖社区进行肯定和赞扬，“平湖社区利用非农建设用地建立起凤凰新村这样的项目，节约用地，珍惜宝贵的土地空间，这就是科学发展！”

“这是社区居民节约土地、自我管理、自我完善、转型发展的典范”，龙岗区平湖街道有关负责人如此表示。

记者了解到，这个被认为是节约土地典范的新村，用占地面积5万平方米的土地，解决了816户2150人的居住问题。有观察人士评价，更为重要的是，原村民群体通过这一形式，保持着文化传统，有利于其形成共同体，实现自我管理、自我服务。

值得一提的是，综合转型发展让平湖社区的党组织和班子深得居民信任。平湖街道党工委组织部有关人士介绍，该社区班子团结有力，积极推进社区产业转型升级，开展社会管理创新工作，战斗力和凝聚力不断增强，显示出社区稳定发展与基层党建相互影响、相互促进的规律。

经济发展：理念领先路径多元

依托发展方式的转变，平湖社区的集体经济实现了跨越式发展。推动社区多元化投资、抵御风险增加收入，成为平湖社区经济发展的重要思路。

一组数字的对比，无意间勾勒出平湖社区转型的背景：

1999年，当时的平湖村是负债1.5亿元的穷村，而在2011年，一跃成为拥有银行存款近亿元、股民人均年分红超过2万元的经济强村。

2006年以前，平湖社区共有“三来一补”企业约90家，成为当时社区经济收入的主要来源。目前多数“三来一补”企业已经转型升级，大皇公工业区经过“工改商”执行后，成为社区多元经济收入的一部分。

记者了解到，面对社区转型发展，平湖社区主动转变发展方式，采取土地入股合作的方式，先后与开发商合作建设了凤凰商业广场、大皇公商业中心等大型商业合作项目，后者成为平湖片区首个大型商业购物公园，并让社区成功阻击了全球金融海啸的冲击。

“依托发展方式的转变，平湖社区的集体经济实现了跨越式发展”，平湖街道有关人士告诉记者，凤凰商业广场每年可让社区增加600万元集体经济收入，并将分阶段递增，50年后，凤凰商业广场将无偿收归社区所有，完全享有其所有权和自主经营权。大皇公商业中心年收入约600万元，15年后将全部收归社区所有，到时仅此项目的年收入将达2000万元。

平湖社区有关负责人告诉记者，近年来，他们按照深圳市、龙岗区两级的发展要求，加大经济转型力度，经济收入来源从过去的完全以出租厂房及结汇分成的“三来一补”企业，转变为“工改商”或利用产业升级吸引高科技企业，并逐步增加投资、服务、管理等实体经济，积极推动城市更新。“2008年，我们就鼓励‘三来一补’企业转型，当时40多家‘三来一补’企业成功转型或已被高端、优质企业所取代。”

推动社区多元化投资、抵御风险增加收入，成为平湖社区经济发展的重要思路。据悉，为避免社区经济收入走入单一的出租经济模式，增加社区多元化投资，平湖社区以合作方式投资商业广场、酒店，推动第三产业的发展，这一方式不但降低了社区的投资成本，又抵御了因商铺空置造成的回本难风险。

记者同时获悉，目前平湖社区继平湖旧村改造项目后，将相继推出两个城市更新项目，有效地改善居住环境、提升片区综合价值。

（刊发于2012年9月19日《南方日报》AⅢ01版）

3．探寻平湖社区转型动力

从负债1.5亿元的穷村，转身成为拥有银行存款近亿元、股民人均年分红超过2万元的经济强村，深圳市龙岗区平湖街道平湖社区在10年间的变化，从波谷到波峰的社区复兴，映照的是基层社区经济发展之路。

上周，广东省委常委、纪委书记黄先耀一行，在深圳市委常委、龙岗区委书记蒋尊玉等市、区领导的陪同下，赴龙岗区调研基层党风廉政建设工作。在实地察看位于平湖街道的凤凰新村时，黄先耀对深圳全市最大的原村民统建上楼示范工程——平湖社区凤凰新村饶有兴致，边走边看并详细了解了项目建设的基本情况，以及社区居务财务公开、小区物业管理和居民生活等情况，对社区干部在办大事、办好事的同时注重发扬民主、听取民意、充分满足居民知情权的做法表示赞许。

各级领导多次赴平湖社区调研的背后，正是基层社区转型发展的时代大题。探寻社区经济及社区全方位综合转型的动力和密码，平湖社区可成为一个生动的基层范本。

“平常在凤凰山公园内总有四五拨居民在练太极，社区活动室内居民也忙个不停，有的津津有味地制作纸龙，有的三五成群搞文体活动，这种生动的场面、这种社区的形态不是人为地造出来的，而是社区内自发形成的氛围。”对于平湖社区的转型发展，平湖街道党工委书记黄惠波认为，“在经济转型发展、社会建设的大背景下，通过政府的靠前服务、靠前行动，去发现和培育社区发展的动力，让社区走上跨越式发展道路。”

转型发展的典范社区

“这是社区居民节约土地、自我管理、自我完善、转型发展的典范”，龙岗区平湖街道有关负责人如此表示。有观察人士评价，更为重要的是，原村民群体通过这一形式保持着文化传统，有利于其形成共同体，实现自我管理、自我服务。

“平湖社区利用非农建设用地建立起凤凰新村这样的项目，节约用地，珍惜宝贵的土地空间，这就是科学发展，全区其他社区应该向平湖社区学习！”早在2012年9月12日，深圳市委常委、龙岗区委书记蒋尊玉，龙岗区区长姜建军率队到平湖街道调研，蒋尊玉便对平湖社区的转型发展加以赞扬。

“这是社区居民节约土地、自我管理、自我完善、转型发展的典范”，龙岗区平湖街道有关负责人如此表示。

记者了解到，这个被认为是节约土地典范的新村，用占地面积5万平方米的土地，解决了816户2150人的居住问题。有观察人士评价，更为重要的是，原村民群体通过这一形式保持着文化传统，有利于其形成共同体，实现自我管理、自我服务。

平湖社区凤凰新村成为焦点的背后，则是该社区经济发展的“方法论”使然。在过去10余年里，平湖社区从1999年负债1.5亿元的穷村，到2011年一跃成为拥有银行存款近亿元、股民人均年分红超过2万元的经济强村。

尤其值得一提的是，平湖社区较早从单一出租经济向“工改商”、吸引高科技企业、逐步增加多元化投资等一系列战略转变，这是该社区经济转型发展的历程。

不断壮大的社区经济，迅速反哺到社区建设之中：统建上楼的现代化小区凤凰新村让社区居民怡然自得；停演42年的平湖刘氏纸龙舞“重出江湖”，成为社区文化灵魂；社区农贸市场通过2012年初投入60万元的改造整治焕然一新；建筑面积达8000多平方米的社区文体中心已经建成使用……

经济发展的“平湖社区方法论”

“这是我们多届社区班子打下的坚实基础”，社区经济的稳定发展得益于较早从单一出租经济向“工改商”、产业升级、吸引高科技企业、逐步增加多元化投资等一系列转变战略。作为社区经济发展中的最大资源，土地的高度集约化利用，成为了社区转型发展的重要载体。

借力资本壮大社区经济，努力实现集体经济多元化发展，这是平湖社区的发展密码之一。

记者从龙岗区平湖街道获悉，按照深圳市、龙岗区两级的发展要求，在平湖街道的推动和支持下，平湖社区主动转变发展方式，加快经济转型力度，经济收入来源从过去的完全以出租厂房及结汇分成的“三来一补”企业，转变为“工改商”或利用产业升级吸引高科技企业，并逐步增加投资、服务、管理等实体经济。

“平湖社区早年建成的大皇公商业中心，就是整个平湖片区最早的商业项目！”平湖社区综合党委书记、工作站站长、股份公司董事长刘建基介绍说，“这是我们多届社区班子打下的坚实基础”，社区经济的稳定发展得益于较早从单一出租经济向“工改商”、产业升级、吸引高科技企业、逐步增加多元化投资等一系列转变战略。

依托发展方式的转变，平湖社区的集体经济实现了跨越式发展。资产、资金、资源，被该社区认为是谋求转型发展的重要的“三资”。作为

深圳华侨医院。

社区经济发展中的最大资源，土地的高度集约化利用，成为了社区转型发展的重要载体，大大拓展了社区发展路径与空间。

记者了解到，自2006年开始，平湖社区就采取土地入股合作的方式，先后与开发商合作建设了大皇公商业中心、凤凰商业广场等大型商业合作项目。大皇公商业中心成为平湖首家大型商业购物公园，使股份合作公司首先避过了全球金融海啸的正面冲击，为社区进行产业调整增加集体收入迈出坚实的一步；建筑面积70000平方米的平湖凤凰商业广场每年可以让社区增加600万元集体经济收入，并分阶段递增。

引导“三来一补”企业转型，引进高科技产业企业是平湖社区产业结构调整的另一个路径。2004年平湖社区共有企业62家，2008年以来，40家“三来一补”企业已成功转型或被高端、优质的企业所代替，不仅促进了辖区的经济发展，而且对社区人口结构与素质的提升带来了积极的影响。

最新数据显示，今年1月至6月，平湖社区集体经济收入2235万元，比上年同期2183万元增加52万元，预计今年增长8%。据介绍，目前该社区利用旧宿舍与华侨医院合作，这将给社区带来新的经济增长点。刘建基还向记者透露，社区股份公司抓住辖区企业正在筹备上市的契机，与其商谈用土地作价入股事宜，并组织社区班子考察惠州购买土地以拓展集体经济发展空间。

经济发展背后的议事规则

社区经济发展的诸多事项，都是通过社区班子民主讨论、村务公开等系列程序进行的，平湖社区的这些议事规则，正是该社区经济持续、稳健发展的动力。平湖街道有关负责人认为，近10年来长足发展的经验，正是由于平湖社区带头人的责任感与使命感、社区班子的民主议事机制使然。

值得一提的是，综合转型发展让平湖社区的党组织和班子深得居民信任。平湖街道党工委组织部有关人士介绍，该社区班子团结有力，积极推进社区产业转型升级，开展社会管理创新工作，战斗力和凝聚力不断增强，显示出社区稳定发展与基层党建相互影响、相互促进的规律。

社区经济发展的诸多事项，都是通过社区班子民主讨论、村务公开等系列程序进行的。平湖社区的这些“议事规则”，正是该社区经济持续、稳健发展的动力。

平湖街道有关负责人告诉记者，近10年来长足发展的经验，正是由于平湖社区带头人的责任感与使命感、社区班子的民主议事机制使然。

有深谙基层发展的人士告诉记者，十几年前，当不少社区争相卖地的时候，平湖社区已经认识到了土地的珍贵，定下了节约利用土地的方针大计，找人合作贷资，建起了30万平方米的富民工业区一区和二区，先后为社区集体赚下了50余万平方米的物业。

除此之外，这还要归功于领导班子的公心和让居民参与的意识。在向上级领导汇报社区工作时，刘建基讲述的一个细节让不少人感喟不已——在凤凰新村建设之时，为了使整个社区工程透明化，连地面的瓷砖，都是组织村民代表去佛山陶瓷企业一块一块挑回来的。

平湖社区注重民生建设。早在2008年，社区成立教育基金，对学习成绩突出的社区居民子女进行表彰奖励，多年来共发放各种奖励合计94万元；为鼓励社区居民积极就业，凡是社区居民到工厂企业工作，工资还没达到最低工资标准的进行就业补贴，每年社区股份公司投入接近40万元；对170名社区65岁以上的老人，除股份分红外，社区给予其每人每年1500元的生活补助；为更好地解决居民就医难问题，社区利用自有宿舍帮助解决深圳华侨医院的扩建工程。

平湖社区注重基层组织建设。2011年6月，平湖社区综合党委正式挂牌，深化党务公开，对社区集体经济管理信息公开，群策群力促进发展。2012年，该社区还新建成了深圳华侨医院党支部党员活动中心，“两新”组织、党组织实现全覆盖。由于充分发挥了党委战斗堡垒的先锋模范作用，党委的战斗力和凝聚力不断增强，社区班子深得民心，社区及街道中心工作均得到顺畅地推行。

（刊发于2012年10月31日《南方日报》AⅢ02版）

4. 山厦风云

一棵古老的荔枝树下，一群年轻的共产党人，一个“大胆、谨慎、积极、稳妥”的方针……在中国共产党成立5年后，地处南方的深圳地区诞生了首个农村党支部——这便是如今位于深圳市龙岗区平湖街道的山厦社区。

见证党支部第一次宣誓仪式的活动旧址，埋存忠骨的山厦革命烈士纪念碑，作为农会总部的山厦严、叶姓祠堂旧址，作为秘密工作据点的中共山厦地下工作情报站旧址——当你伫立在平湖山厦社区的多个纪念旧址前，仿佛可以聆听到历史的足音，可以看到山厦的风云。

作为深圳地区首个农村党支部诞生地，无论是当年的山厦村还是如今的山厦社区，前后8任党支部书记，在不同的时期担当了不同的历史角色。

“无论是战火纷飞的年代引导群众进行革命，还是改革开放时期大胆引入港资企业，到如今的城市化转地、社区转型发展，可以说，山厦85年薪火相传”，平湖街道党工委委员、组织部长李相宏如此评价道。他告诉记者，从当年的革命种子到现在的参天大树，近年有关部门又在山厦修建了山厦革命历史纪念馆，山厦85年来的历程可以丰富深圳党建历史的厚度，并成为一个鲜活的学习典型。

教员领先：85年前建立首个农村党支部

记者日前走访了山厦党支部遗址和山厦革命烈士纪念碑。山厦革命历史纪念馆工作人员介绍，该馆就建立在原山厦党支部的遗址——山猪坑荔枝林上。当年的荔枝树已不复存在，但荔枝林旁的古建筑群保存完好。“据说当时山厦党支部的秘密会议和各种革命活动都在这片房屋和树林中进行”，有工作人员告诉记者。

山厦最早的党支部成立于1926年，谈到党支部的历史，山厦第六任党支部书记叶润牛记忆深刻。记者日前来到山厦社区，这位在山厦土生土长，20世纪30年代初出生的老人平时被大多数人称为“牛叔”，他回忆说，1926年春末夏初，山厦来了一位教书先生模样的中年男人，他真正的名字叫蔡如平，真正的身份是中共东莞县委的组织委员，奉命来山厦建立中国共产党基层组织。经过一段时间的努力，1926年5月，平湖第一个中国共产党的基层组织就在山厦成立了。

“由于当时平湖是受东莞县管辖，山厦社区过去是平湖比较偏僻的乡村，革命运动有比较好的群众基础”，牛叔介绍，1926年5月，中共东莞县委组织委员蔡如平、徐日新经上级的批准，以“大胆、谨慎、积极、稳妥”的方针，帮助山厦村成立了深圳地区第一个基层党支部——山厦党支部。

牛叔介绍说，随后山厦党支部逐步完善了组织形式和建制形式，山厦青年严凯详、严永辉、严仲喜、翟汉明、叶丽钧等16人陆续成为中国共产党党员，并选出威望很高的严凯详担任第一任党支部书记。党支部就设在原为严、叶二姓祠堂的一栋旧房里；而他们第一次举行宣誓仪式的地点，便在山厦山猪坑的老荔枝树下。

记者了解到，1926年2月，山厦正式组建了山厦农民协会，严凯详、严绍组任执行委员。此后，在党支部的领导下，农会在平湖各地纷纷成立，农民运动蓬勃发展，农民纷纷起来反对地主、土豪劣绅的压迫，革命运动势不可当。当时山厦组建了一支拥有120多人的农民自卫军。随后，革命烽火越烧越旺，还开展了减租运动。

老人来信：旧日战友重温战斗生死情谊

1999年7月末，山厦党支部收到了一封陌生老者的来信。老人来信的目的是希望山厦党支部帮其寻找60年前的战友——严仲喜。来信的老者，正是平湖第二任党支部书记严仲喜的战友邝耀水。这位80岁高龄的东莞老人，因为身体不便，于是用书信来寻问和追缅当时的战友。

“1939年9月，我政工大队接司令部命令，要迅速烧毁白石洲大沙河上的公路桥，切断敌军南头与深圳交通，以利我军反攻深圳、解放南头。9月中下旬的一天，我们小分队到达山厦，是晚支部书记严仲喜动员党员、进步青年八九人，配合我小分队二十余人，携带棉花火水，急行军深夜12时抵达大沙河……”邝耀水老人在信中这样写道。

山厦党支部编撰的一份资料记载：1939年9月，共产党领导的广东人民抗日游击队发动奇袭南头大沙河的战斗，严仲喜、严润泉、梁捷壮烈牺牲。

邝耀水老人的书信则记录了山厦烈士的牺牲过程：“不料当要登上河堤之际，却遭白石洲日军出动援救，以猛烈炮火拦截我们去路，队长命令我们集中火力向敌人还击，迅速冲出封锁线。在交战中严仲喜同志不幸中弹倒在我前头，我立即把他背上跑了十余步，在我后的另一位同志也中弹牺牲了，我的左腿也遭流弹击中。压后的队长黄木芬说严仲喜同志已牺牲了，命令我把他放下，继续还击敌人争取时间冲出重围，我只好放下战友继续战斗，且战且退……”

现任山厦社区党支部书记严锡培告诉记者，在奇袭南头大沙河的战斗中，严仲喜牺牲时年仅34岁。而当时的山厦青年几乎都参加了壮丁常备队，常备队与东江纵队的王作尧部队合并成第二大队，与日军开展了一系列的战斗。山厦党支部号召村民多次破坏桥梁、公路来阻止日军行动，多次为我军筹粮送粮，支援前线。全村先后参加革命的青年达80多人。

书记弄潮：改革开放集体经济风起云涌

1979年早春的一个上午，时任山厦大队党支部书记严树宝到公社开完会，带着深圳准备搞特区这一重大消息回到村里，召集干部开会。这是村民第一次听到“特区”这一概念。

严树宝说，特区大概就是让香港人过来做生意，将来大家都不用耕田了，要建工厂、办企业。村干部们听到不用耕田，一下蒙了，世世代代以农耕为生的他们不知道农民不耕田，还可以干什么。

深圳经济特区的成立再次改变了山厦农民的命运。在党支部和先进党员的带领下，山厦的个体户和对港贸易很快就热火朝天地干起来了。1979年引进第一家来料加工厂——山厦花厂，1983年开始出租土地，山厦农民可以不耕田！

1986年7月，山厦人依依惜别祖传下来面朝黄土背朝天的农耕生活，兴办起了工业区。同年11月，叶润牛同志接任山厦第六任党支部书记，开始或被动或主动地酝酿新的故事，创造新的神话。

山厦人一直高扬筑巢引凤、招商引资的主旋律。山厦历史资料显示，1988年以来，山厦先后建起了塘口、洋坑、罗山、杉坑4个工业区，目前拥有厂房面积100多万平方米，其中村集体厂房22万平方米，全都出租无一空置。一大批上规模、上档次的企业，如旭日、南塑、伟力高、统泰、金进、志成、大明丝花厂等在山厦落户，并不断扩大规模，产品远销欧美、东南亚等地。

“给钱给物，不如给个好支部”，山厦曾流传的这样一句话，道出了改革开放年代里这个村庄巨变背后的缘由。

社区维新：革命老区城市化之路仍立潮头

作为曾诞生首个党支部的革命老区，山厦在城市化道路上焕发了新的生机和活力。“从打造山厦新村到城中村综合整治成为全市样板，在迈向城市化的道路上，山厦社区始终走在前列”，李相宏告诉记者。

“与一些社区不同的是，山厦在社区发展中非常重视规划和土地的集约化使用，成为社区的重要特点。无论是20世纪90年代初期兴建的山厦新村，还是目前山厦社区三年规划中对‘统建楼’、‘安居房’的计划，都体现了山厦社区党支部历来重视规划的长远目光”，一位熟悉基层社区发展的平湖街道干部对记者如此说道。

据了解，2004年山厦村改为山厦社区，开始了城市化建设，进行旧城改造。同年5月，投资450万元的山厦市场落成启用。而今，现任山厦社区党支部书记严锡培告诉记者，在未来三年的社区发展中，新的社区党支部将力争保持现有经济，在上级有关部门的支持下，将惠及社区居民的“统建楼”、“安居房”建起来。

从日出而作、日落而息的农耕生活，到洗脚上田、大兴工业的改革开放，再到在城市化之路上迈进的如今，在这块红色的土地上，有着光荣革命传统的山厦革命老区，又站在城市化的高度，迎来新一轮发展的机遇和构想。

（刊发于2011年6月15日《南方日报》AⅢ02版）

5．布吉农批市场下一站：平湖白坭坑

这段时间的龙岗区平湖街道白坭坑社区颇不宁静。

这缘于一个拥有22年历史的“菜篮子”——布吉农批市场即将到来。

据媒体报道，布吉农批市场作为深圳最大的“菜篮子”，拟于9月底搬至平湖海吉星国际农产品物流园，成为面向深港2000多万城市居民乃至整个华南地区的最大的农产品物流中心、国内规模最大的“绿色交易”物流枢纽中心。

深圳市农产品股份有限公司有关负责人向媒体介绍，位于平湖的新“菜篮子”比目前布吉农批市场扩容一倍，蔬菜、干果将享受“中央空调”；市场内的农产品可检测转基因，首创食品安全预警体系、第三方实验室市场；市场将建立大型“农超对接平台”，直接对接生产基地，实现产销对接；平湖市场还提供大型加工配送服务，从9月底起，300台平价流动售卖车，将以平湖农产品物流园作为配送基地，开进全市900个住宅社区，提供绿色、安全、低价的鲜活农产品……

有分析人士认为，即将搬至平湖街道白坭坑社区的新“菜篮子”，有望颠覆传统农批市场形象，为市民的吃穿住行带来不少利好。

从布吉到平湖，深圳最大“菜篮子”22年的变迁，在事关民生的同时，对于片区发展又意味着什么?

布吉农批市场的22年

兴建于1989年的布吉农产品批发市场，成为近年来城市道路拥堵的因素之一；经过22年的发展，其自身辐射力下降，亦需谋求新的发展空间。

布吉农批市场早先能够吸引到广州等周边地区的客户，但如今辐射能力渐渐减弱，许多客户都已回流。龙岗区区长姜建军在日前的一次调研会上的观点，可看作布吉农批市场搬迁的注脚：“批发市场不能只看数量，还要看质量，要看辐射能力。”

对于深惠路沿线的居民及众多上班族而言，早先深惠路每逢上班时分便出现接二连三的大拥堵，使大布吉片区的拥堵问题备受全城关注，也为媒体和网友所诟病。

然而，在分析深惠路布吉片区交通拥堵成因时，布吉农批市场是无论如何也绕不开的因素。龙岗交通运输局有关负责人介绍，以前上班高峰期从布吉往市区方向，正好位于布吉农批市场一侧，来来往往的人流车流进进出出，使得本来不堪重荷的深惠路交通更添压力。

1989年10月，深圳布吉农产品批发市场建成开业，距今已经22年。有资料介绍，该市场占地面积15万平方米，建筑面积25万平方米，按交易品类分为A、B、C、D、E、F、K座，以及天光交易区、加工配送区、海鲜市场等10个交易区，有固定商铺1550多个、简易摊档2000多个，吸引了全国30多个省、市、自治区的3000多家经销商在此经营。市场汇集了全国及世界各地的8000多种农产品。

一系列统计数据，反映了布吉农批市场的状况。统计显示，每天来市场交易的全国各地的批发商、零售商有5万人次，机动车辆1.2万辆。这个深港市民名副其实的“大菜篮子”，供应的蔬菜、水果、粮油、副食品和土特产品，以及海鲜水产品分别占深圳居民消费量的80％、90％、40％、50％和70％以上。

22年前的布吉农批市场的规划设计，显然已经难以满足现实发展需要。相关人士介绍，当时深圳人口约为300万，而如今深圳人口已是当年数倍，布吉农批市场受地理因素的限制难有拓展空间。因此，近年来布吉农批市场时而因“脏乱差”被周边居民诟病。

更值得关注的是，布吉农批市场空间有限已经导致辐射能力的下降。“布吉农批要成为大进大出、通行顺畅的一级市场确实已疲累不堪，其间一些商户就因为发展受限，眼睁睁地看着他们被深圳周边外地市场挖走。”深圳市农产品股份有限公司副总经理钟辉红对媒体如此介绍。

平湖如何接续物流梦想

作为基层街道的平湖和基层社区的白坭坑，在布吉农批市场入驻物流园区等重大项目落地的背景下，着力拓展产业调整升级空间已是合适路径。

行走在连通市区与龙岗的水官高速一侧，在平湖境内可以看到偌大的一个场地——海吉星国际农产品物流园。据悉，该物流园一期建筑面积80多万平方米，建成后将成为深圳唯一的一级农产品批发市场。

深圳市农产品股份有限公司网站公开资料介绍，平湖海吉星国际农产品物流园，是深圳农产品公司实施绿色交易战略的旗舰项目，采用世界上最先进的物流平台规划设计，园区内重点布局水果、蔬菜、干货、冻品、进口食品、名优特产等专业交易区，运营后初步估算年交易量可达600万吨，交易额可达300亿元，比目前布吉市场的规模扩大一倍，能满足深港2000多万城市居民及珠三角地区的绿色农产品消费需求。一体化的信息管理系统、建立在物联网基础上的食品安全追溯体系、第三方实验室等构成了全方位的食品安全管控体系，再加上生态环保低碳节能设施、高效的交通物流组织，把该物流园构筑成国内规模最大的“绿色交易”物流枢纽中心。

对于曾经一度被喻为“物流重镇”的平湖街道，即将迎来入驻的布吉农批市场又意味着什么呢？

海吉星国际农产品物流园。

早在2008年3月26日，备受深港市民关注的深圳国际农产品物流园在龙岗区平湖街道奠基。这一重大项目的落地，对园区所在地的基层街道不无影响。面对农产品物流园的选址、兴建这一契机，平湖街道开启着力拓展产业调整升级空间的路径。2012年丹平快速等配套道路的开通，大大促进了平湖片区物流业的发展。

平湖街道有关负责人告诉记者，面对这一发展契机，土地整备工作是重要一环。近年来他们围绕市金融产业服务基地建设、鹅公岭片区改造、白坭坑国际农产品物流园区建设和城市道路建设拆迁安置等项目建设，全力开展土地整备，依靠土地整备着力拓展产业调整升级和城市发展的空间。白坭坑社区土地整备项目将把白坭坑打造成以海吉星国际农产品物流园为核心，华南地区规模最大、功能最完善、配套最齐全、辐射范围最广阔的绿色、安全、高效的农产品现代物流枢纽。

农产品物流园的兴建，对于平湖街道的基层社区经济转型发展也不无利好。记者从平湖街道白坭坑社区获悉，该社区发挥区位优势，以工业厂房置换商业和仓储业的方式与农产品物流园项目投资方寻求合作，单位面积物业收益水平获得成倍提高。

搬迁背后的片区产业规划

布吉农批市场的平湖之迁，在项目转移与基层街道社区的相互联系影响及互动、产业自身辐射能力的提升进而提升城市、片区竞争力等方面均有意义，是一个值得关注的样本。

转型升级发展，对于近年来的深圳龙岗而言，是一个艰巨而迫切的命题。

在传统产业与新兴产业之间如何取舍，在重大项目落地与入驻之后如何发展，如何开展片区准确定位和产业规划，无不考验着决策人员的水平和智慧。

有业内人士认为，布吉农批市场的平湖之迁，是一个值得关注的样本，在项目转移与基层街道社区的相互联系影响及互动、产业自身辐射能力的提升进而提升城市、片区竞争力等方面，都有关注的意义。

在布吉农批市场搬迁之前，平湖街道早已察觉自身危机。“为防止平湖在新一轮城市发展中被边缘化，我们变压力为动力，抢抓和创造机遇，在争取上级资金投资、重大项目储备、重大建设项目跟踪协调、拆迁安置项目推进等方面积极工作，主动靠前与上级职能部门协调协商。”平湖街道有关负责人此前如此告诉记者。

平湖街道的一位负责人告诉记者：“在土地整备已取得显著成效的基础上，切实做好产业招商和重大项目策划引进的前期工作，为引进有实力、有潜力的企业和高科技含量、高附加值、高市场占有率的三高型企业进驻创造新的发展空间，已经成为平湖街道工作的重中之重。”

由此可见，布吉农批市场的入驻，显然是该街道重点工作的一环，也在一定程度上让平湖街道在其中找到了转型升级的动力。有专业人士认为，对于农产品物流的产业发展而言，布吉农批市场搬迁至平湖，一方面在占地面积上有了大幅度的增加，获得巨大空间；另一方面相对陈旧的硬件设施将以全新面貌大举提升，客观上增强了农产品物流园的服务水平和能力。

这对于布吉农批市场的区域竞争力和对周边地区的辐射能力有着至关重要的作用，而这实际效果将在日后得以检验和显示。

（刊发于2011年9月21日《南方日报》AⅢ03版）

肆 转型之思

1．从“飞地”到“前海”：转型大考如何转身

平湖，这个具备广东珠三角地区镇街典型特征的基层街道，实在有着太多的故事。

“10年之前到现在，没有什么大变化，甚至还不如10年前！”10月10日，深圳市委常委、龙岗区委书记蒋尊玉面对济济一堂的平湖街道领导干部，此言振聋发聩。

显然，这并非一味指责街道的社会治理水平与经济发展能力。此说背后，则是作为珠三角地区的龙岗区，在漫长工业化、城市化进程中艰难转身的缩影，同时也折射出在片区规划、产业定位等问题上，深圳市、龙岗区、平湖街道（此前的平湖镇）三级政府及相关经济部门在不同时期的思路的共性与差异。

而作为最基层的街道，难以有适权和自主能力。这才是平湖街道10年间未曾变化的深刻原因。

有观察人士认为，在后大运时代里，平湖街道的转型升级大考，既需要街道层面的自身努力，包括产业、城区规划的主动设计和参与，又亟待三级政府权与责进一步厘清。

唯有如此，平湖的转型之考，才能在广东全省、深圳市转型升级大潮中，显示其标本价值。

兴衰钩沉：先行发展地区的利弊之考

发展到了一定时期，发展积累的各种矛盾以及土地、资源、人口、环境等各方面逐渐呈现出难以为继的局面。

驱车从深圳市区出发，沿着数月前已经通车的丹平快速，约莫40分钟到达位于深莞交界处的平湖街道。

车窗外的景象，成为这个基层街道的现实写照：代表着国际化现代物流业的国际农产品批发市场已经开张，周围遍布着大大小小、各色不一的物流园区和企业；临近平湖街道办所在的道路两旁，作为商贸服务业的沿街店铺不乏人气，似乎永远热气腾腾。

追溯以前的平湖，则是一段光荣岁月。在不少老平湖人的心里，平湖有连绵不绝的辉煌：

宝安县19个镇中的最小镇平湖，区区40平方公里，工业总量位于宝安县前列；

先人一步奠定的工业发展基础，以及相对成熟的发展思路引来平湖周边各镇、东莞邻镇的参观学习，取经者络绎不绝……

1990年的平湖，在周围的村镇经济中名气不小。

在这一年从学校毕业的陈功（化名），成为了位于平湖镇的物流办公室的一员。在陈功的回忆中，这个时期的平湖镇是这样的："当时的华特工业园是比较早的工业区；当时平湖的经济总量与沙井持平，工厂规模也不相上下，观澜远远在平湖之后，东莞凤岗的工厂企业都是被平湖淘汰下来后才去了那里。"

不到30年，种种迹象开始显示，平湖开始有所不同了。用当地一位人士的话说，这便是"成也招商引资，败也招商引资"。

该人士介绍，按照经济发展的以往经验来看，先发展地区由于起步早、发展无经验可循，都是在自我摸索中前进，但这时候干事创业的激情和动力十足，招商引资而来的"三来一补"企业蓬勃发展，使得镇域经济空前繁荣，并持续了相当长的一段时间；但是发展到了一定时期，发展积累的各种矛盾以及土地、资源、人口、环境等各方面逐渐呈现出难以为继的局面，比如相对低端的"三来一补"企业尤其是能耗大、污染较为严重的小型企业，由原来的促进经济的动力开始转为经济发展的阻力。

2012年10月份的调研会上，平湖街道办负责人汇报了目前的产业现状："我街道现有各类工业企业1700多家，其中'三来一补'企业195家，生产经营三资企业325家，非生产经营三资企业60家，台资企业51家，日资企业11家，民营企业1064家，现有工业厂房1800多栋约650万平方米。"

在被问及这些企业的发展状况时，街道负责人坦言："税收上十亿元的仅有1家。"这从侧面反映了龙岗区、平湖街道两级加快推进产业结构调整升级和发展方式转变的紧迫性。

"工业企业覆盖了电子、塑料、金属、玩具、纺织、机械、印刷、纸品等多种行业，除产业行业分散以外，普遍存在低质、低效、粗放、关联度差、竞争力低的特征"，平湖街道的汇报稿中如此透露。

由此可见，传统产业聚集，正是平湖如今发展因由的注脚。

产业沉浮：一个镇街与深圳物流业的命运交集

纵观平湖数十年的发展脉络，"物流"二字成为最抢眼的经济词语。而事实上，处于深圳边缘地带的平湖街道，位于深圳与东莞、龙岗区与宝安区的交界处，在民间有"飞地"之称，交通受阻便是不少人热议的焦点之一。

"以前的平湖火车站热热闹闹，现在却冷冷清清，连候车室都说租给人家了"，平湖街道新南社区的老村长一脸落寞。

纵观平湖数十年的发展脉络，"物流"二字成为最抢眼的经济词语。通常而言，物流园区是政府从城市整体利益出发，顺应物流业发展趋势，实现货畅其流，在郊区或城乡边缘地带主要交通干道附近专辟用地，通过

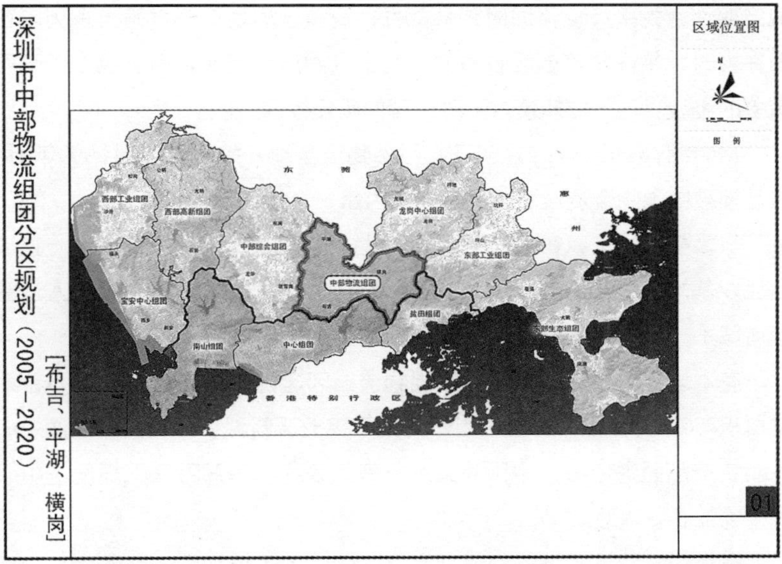

深圳市中部物流组团分区规划。

逐步配套完善各项基础设施、服务设施，提供各种优惠政策，吸引大型物流（配送）中心在此聚集，使其获得规模效益，从而降低物流成本。

平湖的物流园区的建设与发展，也正是在上述背景下，一步步起来的。

1998年，深圳市提出建设成区域性物流中心城市，同年，龙岗区平湖物流基地宣告成立。作为全国第一个由政府运行建设现代物流基地的范例，作为中国物资流通协会确认的全国第一家“物流试验基地”，平湖物流基地从诞生之日起就备受各方瞩目。

资料显示，龙岗平湖物流基地（物流园区）是深圳市六大物流园区之一，是唯一的综合性物流园区。平湖物流园区的首期开发，按照国内与国际物流并举的方式。

“当时平湖物流基地就想搞成一个以物流为龙头的新型开发区，把物流产业作为龙头产业，同时带动批发、商贸、房地产开发等一系列内容。但在当时，平湖物流园区显然并没有上升到这个层次，而且也难以有可以借鉴的经验。”一位知情人士对记者如此分析说。

据介绍，1998年12月30日，平湖物流基地开始建设，到1999年8月，该基地被中国物资流通协会确定为国内第一个“物流试验基地”。

与之相反的是，在2002年之前，已经成立4年的平湖物流园区一直缺乏项目，基本上处于闲置状态。从某种意义上说，于2004年12月投入运营的华南城（一期），才成为平湖物流基地发展中的转折点。

有本地媒体在近年报道，平湖物流园区建设面积16平方公里，首期开发面积4.4平方公里，已经吸引华南国际工业原料城、深圳商品配送中心、民润农产品配送中心、中国外运股份有限公司、华润万家深圳配送中心等大型物流企业入驻。

有资料宣称该基地的交通便利，“独特的区位和综合交通优势，使平湖物流基地成为珠江三角洲乃至华南地区货物集运的中转站，中国南部大通道的出海口”。而事实上，处于深圳边缘地带的平湖街道，位于深圳与东莞、龙岗区与宝安区的交界处，在民间有“飞地”之称，交通受阻便是不少人热议的焦点之一。

陈功认为，从平湖的地理位置和交通路网来看，这些年里的平湖，一直处于“被掐死”的局面。“从地图上看，平湖地处深圳的中部地区，往东扩展，受邻市凤岗镇的牵制，区域扩展能力十分有限；另一方面，无论是通往深圳市区，还是通往龙岗中心区，平湖的这两条道路都在不同时期内存在着收费现象，这大大影响了居民的工作生活。人流的缺乏，随之带来物流和资金流的缺乏，最终影响到平湖片区的竞争力。”

当然，目前制约平湖发展的城市路网建设取得重大进展。据悉，经与深圳市、区相关部门积极协调推进，平湖街道总长95.14公里、总投资79.48亿元的14条城市主干道全部纳入金融产业服务基地配套道路统一投资建设。

发展困境：三级政府发展与治理思路的共性与差异

对于平湖的发展历史，龙岗区区长姜建军在调研会上认为，当时面临的主要问题，是平湖街道“为特区发展服务”的使命，是“处于被动”的，“过去都是讲‘物流’，现在回头来看，大家想到平湖片区发展时，就显得迫切、焦急了”。

物流业的片区定位，体现的正是深圳市政府着眼于全市产业发展战略的意图。另一重现实目的则是——为了减轻大型配送中心在市中心（当地寸土寸金的关内地区）分布所带来的种种不利影响。

而在眼下，发展物流业已经不再是深圳市经济发展的主流声音。新的背景下，距离平湖物流基地不远的另一处，平湖“金融产业服务基地”又成为2007年年中的一个热词。深圳市政府的产业布局，再次选择了平湖。

记者发现，在此后至今的4年时间内，围绕金融产业服务基地的一系列前期工作，比如土地整备、房屋征收与拆迁、道路规划与建设，始终是全街道上下的工作重点。

对于平湖的发展历史，龙岗区区长姜建军在调研会上认为，当时面临的主要问题，是平湖街道“为特区发展服务”的使命，是“处于被动”的，“过去都是讲‘物流’，现在回头来看，大家想到平湖片区发展时，就显得迫切、焦急了”。

如果说物流业、金融产业服务基地落户平湖，体现的只是深圳市政府及产业发展部门的意志的话，镇街层面尚未在此期间有足够的认识、思考及反省的话，那么眼下的平湖街道则对于自身发展有着深刻的忧患意识。

在前日的龙岗区领导调研会上，平湖街道党工委书记文枫、办事处主任钟春平所述的重点之一，是这样的问题：产业规划和城市空间规划脱节，重大项目建设缺乏对周边社区的关联发展规划。

“产业规划和城市空间规划脱节，不利于产业转型升级。现行法定图则在没有进行充分研究的基础上，就对一个区域作出过于细化的规划，使社会发展的需要与法定图则产生严重冲突，同时也制约了产业空间的调整布局，”文枫说道，“以平湖为例，尽管平湖被定位为全市产业的中部物流组团中心，但未来对平湖产生巨大影响的可能不是物流业。因此，平湖需要一个更具体、更科学、更符合产业发展导向的产业空间规划和城市整体规划。但目前平湖片区的法定图则无法实现这一目标。”

有消息人士透露，经龙岗区方面与深圳市主要领导的汇报沟通，平湖金融产业服务基地的产业功能将有所调整，有望成为“战略性新兴产业及高端服务业（金融服务配套产业）”的产业基地。

如何突围：产业转型与城区规划成为不二选择

记者了解到，平湖街道这一年来，极力推动旧城改造和城市更新工程，着力打造生态宜居新城区，为产业转型发展提供良好的整体环境。

“以推进城市基础设施建设为突破口，通过超前谋划储备项目，主动靠前与上级相关部门沟通协调，先后向市相关部门争取城市建设项目总投资达166.82亿元。制约平湖发展的城市路网建设、水电管网建设、公共服务设施建设等取得了重大进展，为产业转型发展提供了基础支撑。”

倘若以科学发展、更高要求来审视平湖的话，那么如何在产业与城区困局中突出重围，是需要更为深思的命题。“环境问题，无序发展，无序建设，到处脏乱差，没有规划”，这是深圳市委常委、龙岗区委书记蒋尊玉在谈及平湖发展时的评价之一。

对于平湖片区，龙岗区经济发展促进局局长贾长胜评价为“产业重区”、“产业转型典型区”和“重点发展区”。龙岗区副区长熊小平建议街道围绕总部经济等为主题，进一步明晰产业规划，“物流业是不要再搞了的”。

记者了解到，平湖街道这一年来，极力推动旧城改造和城市更新工程，着力打造生态宜居新城区，为产业转型发展提供良好的整体环境。围绕金融产业服务基地、鹅公岭新兴战略产业园等重大项目建设，该街道腾笼换鸟，以大拆迁推动片区产业置换和土地整备，为高端新兴产业进入释放新的产业空间。

“平湖街道要利用好区位优势，主动对接深圳中心城区，打通交通动脉，不等不靠，继续抓好配套设施建设、城市更新、环境提升、招商引资、土地整备等工作”，姜建军如此说道。

“平湖的现状，非常像几年前的‘前海’”，姜建军在当日调研会上的这个类比，似乎正是平湖街道当下的恰当写照。

可未来又将如何描绘？平湖背后，分明是珠三角转型升级中众多沉沉浮浮、起伏不定的镇街群像。

（刊发于2011年10月12日《南方日报》AⅢ01版）

2. 平湖仓储物流转型路漫漫

一度曾为深圳支柱产业的物流业，如今在深圳龙岗面临空前的压力。

传统仓储物流业的转型升级问题，已被深圳市和龙岗区有关方面密集提出。

“对于占地大、附加值小、税收少的低端仓储物流业，我们现在坚决反对！”这是3月下旬深圳龙岗平湖物流园区转型升级工作调研会上的一幕，深圳市委常委、龙岗区委书记蒋尊玉言辞果断。

当日会上，在深圳市规划国土委、深圳市交通运输委等市职能部门的参与下，市相关职能部门负责人与龙岗区领导一道，共同会诊与商议平湖物流园区的转型发展。

“建设成高端物流集聚、新兴产业发达、商贸物流繁荣、发展环境优美的产业园区”，这是当日调研会上对于平湖物流园区的期待。

另一则消息也验证了深圳物流业的现状与危机。

深圳市物流协会日前发布的《深圳物流行业营商环境分析报告》显示，2011年深圳物流业增加值为1122.36亿元，较上一年增长14.85%，但增速同比出现了下降。该协会近期对全市64家物流企业进行的调查中，七成以上企业反馈2011年利润总额没有增长甚至出现下降，只有三成企业对近年的运营形势保持乐观。

可以预见的是，物流业在深圳、龙岗的发展，将烙上转型升级的深刻印痕。深圳市交通运输委物流处处长吴晓明透露，深圳有望在2012年4月发布《深圳市物流产业转型升级实施方案》，并计划从高端转型、结构调整、技术、管理、人才培训、项目建设、通关能力等8个方面，出台27条措施，为深圳全市物流企业转型升级提供政策支持。

不难看出，将“低端仓储物流”升级为“高端物流”，正是这场由政府主导和推动的物流业转型升级的期冀方向。

深圳物流业大会诊

对于早已有“四个难以为继”的深圳而言，土地资源和产业发展的矛盾愈发明显。产业发展用地相形见绌，让地方经济发展的主导者们不得不重新思考和审视。

得益于毗邻香港、连接内地的独特优势，深圳物流业因地缘因素在过去许多年里得到了迅速发展，并且成为深圳优先发展的四大支柱产业之一。有深圳市业内人士指出，在2002、2003年的时候，物流业更是被作为深圳支柱产业来扶持和发展。“但实践来看，并不太理想”，上述人士如此指出。

深圳市现代供应链管理研究所主任闫振坤介绍，深圳现有物流企业1.4万多家，2011年物流产业增加值为1122.36亿元，占全市GDP比重为9.76%；他们对64家物流行业样本企业进行了抽样调查分析后得出，油价、人工成本等攀升导致的企业运营成本快速增长以及行业恶性竞争加剧等因素，成为吞噬深圳物流企业利润的主要原因。

物流企业的发展，亦是“几家欢乐几家愁”。据闫振坤介绍：在他们调查的企业中，2011年，53.23%的企业总体业务量较之上一年度有所增长，其中25.81%的企业业务增长达到了20%以上。另有24.19%的企业业务量同比基本持平。但是，在半数企业业务量都出现增长的情况下，调查显示有71.19%的企业2011年利润总额较2010年持平或有所下滑。其中23.73%的物流企业表示去年利润额下降了5%—20%，另外还有13.56%的企业表示，由于企业受国际经济大环境影响较大，利润总额下滑幅度达到20%以上。

深圳龙岗平湖片区，以及相邻的南湾李朗、丹竹头片区，一定程度上映照着深圳物流业的发展起伏。

上周举行的深圳龙岗平湖物流园区转型升级工作调研会，便是针对基于这一片区的对策研究和商讨。“对于平湖物流园区，在转型升级、二次创业方面，对于龙岗区至关重要；那些占地大、附加值小、税收少的传统仓储物流，需要转型升级”，“首先就要从片区规划和产业布局上进行调整”，是次会上，深圳市委常委、龙岗区委书记蒋尊玉如此表示。

深圳市规划国土委副主任许重光在当日会上认为，针对平湖物流园区的产业发展和用地政策等综合问题，建议市交通运输委、市规划国土委等三部门联合成立调研组，对于这一具有普遍性的片区发展进行剖析，提出未来转型升级的方向。

“深圳有望在2012年4月发布《深圳市物流产业转型升级实施方案》”，深圳市交通运输委物流处处长吴晓明则在深圳市物流协会的行业形势分析会上透露，该方案就深圳物流行业转型，要往哪转、怎么转以及有什么目标等提出一系列指导意见，并计划从高端转型、结构调整、技术、管理、人才培训、项目建设、通关能力等8个方面，出台27条措施，为全市物流企业转型升级提供政策支持。

华南城亦要转型升级

地处深圳龙岗平湖物流园区的华南城，占地面积颇大，一度成为当地物流业中的“巨无霸”。

资料显示，深圳华南城一期工程自2003年5月正式开工，到2004年底，华南城一期50万平方米五大交易中心开始试运营。

据深圳华南城网站有关资料介绍，一期工程的项目涵盖纺织、服装、皮革、皮具、电子、五金、化工、塑料、印刷、纸品、包装、小商品共12个产业门类，提供展示交易、会展、电子商务、信息交流、仓储、配送、货运、检测、金融结算、人才交流，以及商务、生产和生活等配套服务于

华南城建设渐成规模，图为环球物流大厦。

一体的大型综合商贸物流平台。

“深圳华南城三期建设也已全面启动，正在建的有25层华南发展大厦和深圳华南城3、4、5号交易广场等，将设有SHOPPING MALL、家居生活广场、数码电子广场……全面建成后的深圳华南城将成为规模宏大、品种齐全、现代化程度极高的工业原料及商品交易中心、现代化综合商贸物流基地和制造业高端集成服务平台。”深圳华南城网站如此介绍道。

蒋尊玉在平湖物流园区调研中指出，深圳华南城的发展已近10年时间，发展也经过不同的时机和阶段，在认识上、产业定位上也经历不同的阶段，而如今应该朝高端物流、高端商贸的方向迈进。

当日调研会上，对于华南城一期项目的发展多有言及。华南城一期项目多为两层建筑，并且当时定位为“国际工业原料城”，有参会人士对此直言，“这一定位已明显滞后”，“工业原料城的定位，已经不能适应龙岗区和平湖物流园区的战略发展需要”。

“华南城项目中要多引进一些新兴产业，比如可以考虑将一些新兴产业的总部放在这里，要积极招商引资，能开工的项目尽早开工。”蒋尊玉要求平湖街道和相关部门加大对企业的服务力度，加快园区转型升级项目相关审批手续的办理。

物流业下的镇街镜像

当日调研时的平湖景象，或许正是深圳物流业产业背景下的镇街镜像。

这是一个基层街道的现实写照：代表着国际化现代物流业的国际农产品批发市场已经开张，周围遍布着大大小小、各色不一的物流企业；临近平湖街道办所在的守珍街两旁，作为商贸服务业的沿街店铺不乏人气，似乎永远热气腾腾。

有观察人士认为，纵观平湖街道数十年的发展路径，“物流”二字是最为重要的词语。据介绍，1998年12月30日，平湖物流基地开始建设，到1999年8月，该基地被中国物资流通协会确定为国内第一个“物流试验基地”。

与之相反的是，在2002年之前，已经成立4年的平湖物流园区一直缺乏项目，基本上处于闲置状态。从某种意义上说，2004年12月投入运营的华南城（一期），才成为平湖物流基地发展中的转折点。

“成也物流，败也物流”，一位曾长期在平湖物流园区工作的人士告诉记者，从平湖的地理位置和交通路网来看，过去许多年里的平湖，一直处于“被掐死”的局面。“从地图上看，平湖地处深圳的中部地区，往东扩展，受邻市凤岗镇的牵制，区域扩展能力十分有限；另一方面，无论是通往深圳市区，还是通往龙岗中心区，平湖的这两条道路都在不同时期内存在着收费现象，这大大影响了居民的工作生活。人流的缺乏，随之带来

转型升级中，华南城商圈正在形成。

物流和资金流的缺乏，最终影响到平湖片区的竞争力。”

对于平湖的发展历史，龙岗区区长姜建军曾在赴平湖调研时认为，许多年前平湖街道肩负的是“为特区发展服务”的使命，是“处于被动”的，“过去都是讲‘物流’，现在回头来看，大家想到平湖片区发展时，就显得非常迫切、焦急了”。

当然，如今的平湖街道亦非当时能同日而语。据悉，近年来，制约平湖发展的城市路网建设取得重大进展，一批重大投资项目已经或即将落户平湖。

“当前要对全区重新进行产业规划布局，原定位的仓储物流要向高端物流转变”，蒋尊玉在调研中指出，随着特区一体化进程的加快和交通条件的改善，平湖物流园区迎来发展新机遇。同时，要重视园区的投资环境建设，加快周边道路建设和绿化工程，完善各项公共配套设施，清平高速二期要力争在2012年底通车。

【记者手记】

仓储物流业如何转型?

长期定位为“为特区服务”的平湖物流园区，将何去何从?传统仓储物流业，又该如何转身?

对于这一问题，去年底，在龙岗区第五次党代会报告中，平湖物流园区便变身为“平湖高端现代服务业基地”。而这一基地，既属于龙岗未来产业发展的“一线三片”地区，又同属于该区未来着力打造的“水官高速路创新产业走廊”。“而这两者，都将是龙岗未来产业发展的重中之重”，有关人士告诉记者，从今年龙岗区经济产业工作发展来看，平湖片区已经提到此前不可比拟的高度。

发展平湖高端现代服务业基地等重点片区，就是要“增强片区综合承载功能和辐射带动能力，打造龙岗未来城市发展的重要战略支撑点”，党代会报告中指出，龙岗将“通过核心驱动、双轴带动、四片互动，把发展聚焦到标志性区域构造、城市空间形态塑造、地标性建筑打造上来，使龙岗成为精心规划、精致建设、代表深圳未来城市发展水准的新特区”。

据介绍，平湖物流园区现有项目33个，截至去年底已完成投资约95亿元。从项目类别看，有战略储备类项目、菜篮子和民生工程、“公铁多式联运”项目、城市配送项目和高端物流项目。

“目前该园区的转型升级工作正在推进中，已确定了对物流项目进行分类，针对不同类别项目采取不同的方式进行转型升级，”龙岗区经济促进局有关负责人透露，“对于高端物流和涉及国计民生的战略储备类项目，将按照设计功能继续建设、运营；对于由物流企业投资的物流项目，将向高端物流发展，或转型为创新产业园，引进新兴产业；非物流企业投资建设的传统仓储、运输物流项目，则鼓励其转型为创新产业园。”

在深圳和龙岗发展物流园区趋于高端化的思路下，此前过分依靠占地面积的仓储物流，在产业用地日益匮乏的深圳，未来将面临巨大压力。

而物流企业的发展抉择，也验证了这一现实。深圳市物流协会的《深圳物流行业营商环境分析报告》显示：未来在企业业务拓展方向上，50.77%的企业将会加快内地市场拓展步伐；而企业有拓展业务倾向的城市，主要为中部及沿海地区的大中城市，申请用地的主要用途是仓储、配送中心等基础设施的建设。

不可回避，税收贡献已经成为基层政府发展经济、规划和建设园区的重要指标。这一状况为多数物流企业所认同。在该分析报告中，67.19%的企业认为政府制定优惠政策应首要考核企业的“纳税贡献”。

一面是物流园区的突围诉求，一面是物流行业内企业的发展需要，而眼下的转型升级，或将成为牵引园区和企业二者间的合力。

（刊发于2012年3月28日《南方日报》AⅢ02版）

3．平湖启示录

传统村镇集体经济如何避免“希腊化”，成为珠三角地区转型升级战役中的重要命题。遍布广东珠三角地区的传统镇街，一直位于我们的观照视野内。

这些群星密布、闪耀各色光芒的乡镇和由乡镇变身而成的街道，在很长一段时期内决定着整个珠三角经济产业的走向。它们开风气之先，改革开放后迅速引入外资，让“三来一补”产业在镇街内遍地开花。

历史沉浮，岁月变迁，在全球经济新的情境和趋势下，经过数十年发展与变化的镇街，其传统产业也不得不随世界经济大势而变化，或黯淡衰落，或无序挣扎，或危中有机……也有较早察觉这一变动的镇街，主动或被动、自觉或不自觉地踏上转型升级之路。

位于深圳市龙岗区的平湖街道，正是上述镇街群体中的一个。因较早引入外资办厂，平湖在改革开放初期一度成为先行发展区域；在近年来尤其是世界性金融危机爆发的背景下，平湖也面临各式各样的危机。“必须重新定位平湖发展的思路、方向、标准和方式！”平湖街道如此认为。

“正因为我们发展得早，所以我们发展档次相对比较低；正因为档次相对比较低，才有了如今我们的工作力度……”龙岗区平湖街道党工委书记黄惠波，用辩证关系如此解析着平湖的发展路径。

我们冀望通过对平湖样本的观察和剖析，达到两重目的：既是对平湖街道发展命题的样本呈现，又是对传统镇街群体在新情势下何以复兴这一共性命题的探寻。

发力：推进城市建设提质提速

“要充分认识加快道路建设对平湖发展的极端重要性。平湖道路建设严重滞后，成为制约平湖发展的最大瓶颈，平湖要有大发展，关键在于路。”这成为平湖街道在转型升级中最深刻的心得之一。

从前多少事，难付笑谈中。地处深莞交接处的深圳龙岗平湖，是珠三角地区一个传统镇街的典型样本。

“路通则财通”，对于这句话的深切感受，在近年的龙岗全区，也许没有比平湖街道体会得更深的了。

此前，对位于深莞交界地带的平湖，外界有“飞地”之称。由于地处深圳版图上的边缘地带，平湖街道在过去较长的一段时期内，其基础设施差距非常明显。

以道路为例，连接龙岗区中心城与平湖街道的龙平路，曾被当地企业和居民议论不止。“短短7公里的跨境路，往返竟然要收14元？如果按照每周5个工作日，再除去公众假日，往返于龙城和平湖两个街道之间的有车一族，每年要为这条路‘奉献’3300余元，这项开支相当于10万元以下小车全年的保险费，相当于以前5座小车全年养路费的3倍！”当时有人如此统计。

而在眼下，龙平路的收费站撤销，平湖连接龙岗区中心城的道路“拦路虎”不再；丹平快速的建成开通，平湖连接深圳罗湖的快速通道已经形成。在平湖街道近年来的转型升级工作中，“市政交通及配套道路建设一直是最重点的内容，这是街道前后多任领导的共同思路”，平湖街道有关人士向记者介绍道。

在2012年3月平湖街道召开的道路交通和重大项目建设情况汇报会上，平湖街道党工委书记黄惠波如此说道：“要充分认识加快道路建设对平湖

改扩建后的水官高速平湖段。

发展的极端重要性。平湖道路建设严重滞后，成为制约平湖发展的最大瓶颈，平湖要有大发展，关键在于路。”

平湖街道相关文件显示，今年要“以推进城市建设提质提速为抓手，确保重大基础设施建设取得明显成效”，其中包括加快推进城市路网和基础设施建设。

记者获悉，今年该街道将加快推进以14条城市规划道路为重点的基础设施建设，在14条主干道路网中，共有平安大道、富康路等9个项目正在施工。“一旦建成，对片区路网体系的畅通和提速将有极大推动作用”，有关人士告诉记者。

在珠三角近年的转型升级实践中，交通路网等基础配套设施的优劣程度、完善与否，对于优质企业的吸引度、新兴产业的形成有直接关联。

在一次调研会上，深圳市委常委、龙岗区委书记蒋尊玉透露，IT巨头华为曾一度到平湖某片区为企业布局项目进行选址考察，但当时平湖的配套条件和周边环境，影响了华为的选择。

从这一案例即可得出，平湖认为基础设施对于转型升级的“极端重要性”一说，有着极强的现实针对性。这也成为平湖街道在转型升级中最深刻的心得之一。

“推进道路和重大项目建设要有的放矢，今年要着重抓好几条主干道路建设。严格落实责任，建设办每人负责一条道路，每条道路都要有人负责”，平湖街道领导如此要求道。

升级：脱胎换骨的转型升级之役

“片区的综合形象，决定着平湖辖区内为数不少的类似企业的共同命运”。“不同于其他兄弟街道和片区，平湖既有改造的现实必要和基础，又有得天独厚的条件，旧城改造迫在眉睫”。

一场志在脱胎换骨的转型升级之役正在平湖进行。

在平湖街道决策者看来，这场转型升级的重要抓手，便是城市更新。

“对于平湖而言，显然再也没有比环境和综合形象提升更为紧要迫切的事了！”一位长期工作在平湖、不愿具名的“海归”企业家告诉记者，片区的综合形象，决定着平湖辖区内为数不少的类似企业的共同命运。

“比如企业的投资规模，下游产业的选择，整个企业的发展和取舍方向，这些事关我们企业命运的选项，实际上都与平湖未来的片区定位和综合形象牢牢绑定在了一起。”该人士如此告诉记者。

平湖街道龟地—禾虾岭片区，可认为是平湖街道在城市更新工作中的缩影。历时8年多的准备工作，一个曾经的旧街区，将变身集居住、商业、学校、社康中心等于一体的现代社区，平湖街道龟地—禾虾岭片区旧改项目，让该片区重新焕发出生机与活力。

当不少人抱怨和喟叹平湖街道因地域、产业因素而发展一度滞后的现状时，在平湖工作近20年的平湖街道城市更新办主任谭凡笑，却对城市更新后的平湖充满信心：“除了龟地—禾虾岭片区旧改项目，平湖片区目前至少还储备了5个‘拆除重建’类城市更新项目，不用太久人们就会看到大转型后的新平湖。”

据介绍，龟地—禾虾岭片区旧改项目总改造用地面积31.6万平方米，规划开发建设用地面积18.2万平方米，项目总投资约40亿元。根据规划设计，该片区以高层住宅为主，建筑形态上以点式和板式相结合，降低覆盖率，优化社区环境空间。该片区计划总投资40亿元，通过城市更新打造一个集居住、商业于一体的大型高档社区，其中一期项目预计于2013年交付使用。

北门坳片区的综合整治，则是平湖街道另一处的转身故事。

记者获悉，深圳全市最大二类综合整治工程——北门坳综合整治，给平湖街道中心区带来的巨变，让不少往来平湖的人眼前一亮。曾经的北门坳片区业态陈旧、乱象杂陈，成为平湖街道“治乱”的样本区域。

“平湖要本着‘以旧城改造促转型升级，以城市更新促二次腾飞’的宗旨谋发展、促腾飞。”平湖街道党工委书记黄惠波认为，“不同于其他兄弟街道和片区，平湖既有改造的现实必要和基础，又有得天独厚的条件，旧城改造迫在眉睫。”

“改造一片，完善一片，城市化一片”，这是平湖街道在此轮城市更新中的思路。再造平湖发展新空间，这是一个在城市更新浪潮中深度影响和改变着的街道样本，也是一个传统产业聚集区在新时期里突围和新生的区域样本。

推进：“服务大企业”的重要法则

在珠三角产业转型升级背景下，“服务大企业”一直成为深圳龙岗区的响亮口号。事实上，这也成为平湖街道在产业转型升级中的重要法则。

在珠三角产业转型升级背景下，“服务大企业”一直成为深圳龙岗区的响亮口号。事实上，这也成为龙岗区各街道的选择。

地处平湖物流园区的华南城，占地面积颇大，一度成为当地物流业中的“巨无霸”。资料显示，深圳华南城一期工程自2003年5月正式开工，到2004年底，华南城一期50万平方米五大交易中心开始试运营。

深圳华南城网站有关资料显示，一期工程的项目涵盖纺织、服装、皮革、皮具、电子、五金、化工、塑料、印刷、纸品、包装、小商品共12个产业门类，提供展示交易、会展、电子商务、信息交流、仓储、配送、货运、检测、金融结算、人才交流，以及商务、生产和生活等配套服务于一体的大型综合商贸物流平台。

作为辖区内的大型企业，华南城正是平湖街道服务的重点对象之一。记者获悉，在3月下旬的调研会上，深圳市委常委、龙岗区委书记蒋尊玉指出，深圳华南城的发展已近10年时间，发展也经过不同的时机和阶段，在认识上、产业定位上也经历不同的阶段，而如今应该朝高端物流、高端商贸的方向迈进。

“服务大企业的主要内容，就是配合和协助大企业的转型升级工作。比如华南城，我们就围绕他们定位的转变，协助他们从当初的工业原料物流园区向高端贸易、企业总部基地方向发展。”黄惠波告诉记者。

另一个巨型企业——海吉星物流园的入驻，让基层街道也有了前所未有的多重感受。

有关人士告诉记者，从布吉农批市场迁址到平湖辖区，海吉星的壮大发展，对于平湖街道和相关社区而言，一方面具有可观的经济收益和发展机遇，另一方面也带来了服务和管理上的难题。

据悉，平湖街道目前为海吉星物流园所做的配套服务，包括“竭力完善功能配置”、“全面提供配套支撑”、“全力优化园区环境”等。“街道积极引导白坭坑社区为海吉星发展提供全面配套支撑，主动配合园区做好用地规划，及时满足海吉星的土地需求和发展空间需要，白坭坑社区股份有限公司对物流园周边的厂房、物业进行升级改造，积极发展配套产业，改造物业面积约10万平方米”。“主动解决物流园区面临的困难，拟将白坭坑小学改造为36个班1800个学位的较大规模小学，以满足海吉星园区从业人员子女的教育学位需求”。

“服务大企业”，成为平湖街道在产业转型升级中的重要法则。

谋新：产业正在悄悄注入新的内容

大项目带动战略，将成为该片区未来转型发展中核心思路之一。“以推进产业结构调整升级为契机，着力从根本上解决平湖长期以来形成的依靠土地投入换取经济增长的粗放发展模式”。

以往拼资源、拼环境的粗放型发展模式，如今在谋求科学发展、保护生态环境的形势下已经走至尽头，“村村点火、户户冒烟”的传统发展模式如今也难以为继。

有观察人士指出，产业低端、竞争力不强的问题，是珠三角地区集体经济发展中的一道难题；而找到切合自身的转型升级路径，是基层破解困局的唯一方法。

“平湖大有文章可写”，黄惠波向记者分析说，依托大企业谋求产业转型升级，旧工业区的升级改造，城市形象的综合提升，这一系列工作都是平湖在谋求新一轮发展中的必备内容。

记者从平湖街道获悉，大项目带动战略，将成为该片区未来转型发展中核心思路之一。“以推进产业结构调整升级为契机，着力从根本上解决平湖长期以来形成的依靠土地投入换取经济增长的粗放发展模式”。

该街道对此的初步方案显示，他们将“通过全面实施大项目带动战略，依托辖区内规划建设的平湖物流基地（华南城）、（海吉星）国际农产品物流园、金融产业服务基地、鹅公岭战略性高新技术产业园的辐射带动，以四大产业园区为轴心，通过渐次延伸放射性发展的方式，按照现代化、生态型高新科技产业园区的要求，把平湖全境作为一个综合性高新现代产业园区统一进行规划建设，以四大产业园区为主轴，依条件成熟程度和产业园未来龙头的发展需要，将龙头企业前后向产业逐步向园区周边扩张延伸布局，使平湖形成一个产业集聚程度高、产业关联密切、产业布局合理、业态高端高质高效的现代化、生态型高端综合产业园区”。

记者获悉，在产业转型升级、谋求片区发展的具体工作中，平湖街道的推进原则初步确定为“高端发展原则”、“遵循规划引导原则”、“统筹兼顾原则”、“循序渐进原则”。

“建立严格的事前规划审查机制，以未来的城市整体规划、产业空间规划作为推进‘工改工’、‘工改商’和申报城市旧改项目的必备前置条件，以确保从源头上把好城市建设关，使城市功能分区、城市整体规划和城市产业布局规划得到全面、准确、严格的遵循。”纵观平湖数十年来的发展脉络，在改革开放前期先行发展时“轻视规划”的教训，如今在街道谋求新一轮发展时得到前所未有的拨正。

值得一提的是，注重“把推进产业结构转型升级与城市整体品质改善提高有机结合起来，与城市更新改造有机结合起来，与建设宜居生态城区有机结合起来，与推进社区发展方式有机结合起来，与增强社区经济发展实力有机结合起来”，也是平湖街道今年推动产业转型升级工作的具体原则内容之一。

“在平湖，产业正在悄悄注入新的内容”，平湖街道有关人士透露说。

【访谈】

平湖街道党工委书记黄惠波：
重新定位，加速发展

从横向看，广东珠三角先行发展地区的传统镇街发展状态不一，在当前某些村镇“希腊化”的背景下，平湖转型升级不无启示意义；从纵向看，由早先的发展到此后的逐步落后，再到如今的试图再度崛起，平湖自身的发展脉络和逻辑，也有不少值得思考的地方。

针对街道如何谋求新发展，龙岗区平湖街道党工委书记黄惠波自2012年2月份履新平湖后，在街道各部门、社区开展密集调研，在2个月里记下了两本厚厚的工作笔记。日前，他就平湖街道的产业转型升级、城市更新、片区整体发展等内容，向记者一一阐述了具体思路。

记者：如果从广东珠三角同类地区的横向比较、平湖过去数十年来不同发展阶段的纵向比较的这些角度来看，应该如何看待如今的平湖街道？请问街道层面针对平湖的战略性发展有哪些思考？

黄惠波：实事求是地说，平湖经过30多年的改革发展，积累了较为坚实的物质基础，但与周边街道和乡镇比较起来仍显滞后。我们认为，能否抓住未来5年的重要战略机遇期，是平湖能否快速崛起的关键所在。因此，必须重新定位平湖发展的思路、方向、标准和方式。

重新定位发展的思路，就是要彻底摒弃平湖30年来依靠土地、资源投入带动经济增长的粗放发展模式，通过推动城市二次开发、促进城市环境和城市生态实现脱胎换骨的深刻变化，以此带动产业结构快速提升和发展方式快速转变。

重新定位发展的方向，就是要彻底改变平湖长期依赖低端产业低质发展的状况，全力推进产业高端化。

重新定位发展的标准，就是要彻底扭转平湖就是一个小乡镇的“自我矮化”的传统观念，敢于把平湖作为“全市未来的前海”来规划建设，使平湖的城市规划和城市建设在二次开发中，从起步之初就与国际化、现代化接轨。

重新定位发展的方式，就是要彻底打破过去等靠要的被动发展方式，变被动应对为主动破局，按照“一年一小变，三年一中变，五年一大变，十年彻底变”的目标，推动平湖实现发展新跨越。

记者：众所周知，转型升级、城市更新等，既是珠三角地区众多城市谋求发展的重点，也是近年来龙岗区的核心工作。这些具体工作，平湖街道是怎样考虑的？

黄惠波：对于平湖的转型升级、城市更新和市容提升工作，我在街道的不少会议上讲过一个观点，那就是“正因为我们发展得早，所以我们发展档次相对比较低；正因为档次相对比较低，才有了如今我们的工作力度”。从最初发展的优势，演变成了后来的劣势，之后的劣势，应当成为如今我们工作的优势。

在城市更新方面，我们一直强调居民观念要改变，社区要有“大局观念”。初听起来，“大局观念”这个词很虚，其实并不虚，要知道大家的发展和利益都在一块。比如，深圳好，龙岗才能好；龙岗好，平湖才能好；也只有平湖发展得好，我们的社区才能更好，我们的居民才能更好。

记者：平湖街道的产业转型升级有自己的特点，请你谈谈平湖街道的产业转型升级思路。

黄惠波：产业的转型升级，是深圳未来发展的必由之路，更是我们平湖街道未来发展的必由之路。在实践上，我们的产业转型升级的具体方式、方法，必须要实事求是。

在转型升级上，平湖大有文章可写。比如我们大企业的转型升级，华南城的定位转变，将往企业总部、综合商贸中心方向发展，其脱胎换骨的硬件条件已经具备；比如我们的金融服务基地的前期准备，在转型升级工作中都将发挥积极作用。还有海吉星物流园已经具备战略意义，目前是华南地区最大的农产品物流中心和国内最大的“绿色交易”物流枢纽。

平湖街道的产业转型升级非常迫切，下一步我们将出台《进一步推动产业转型升级的实施意见》，通过划分具体内容、部署具体措施等，推动平湖街道产业转型升级和社区发展方式转变，提高街道经济综合竞争力和可持续发展能力。

（刊发于2012年4月25日《南方日报》AⅢ02版）

4. 因大运而变

没有大运会主场馆，甚至没有一个大运会运动赛场，如何在大运时代争取社会资源谋取自身发展?

在深圳与东莞、龙岗区与宝安区交界的地方，龙岗区平湖街道用市容市貌的大变、发展模式的改变、社会形态的渐变，作出了响亮的回答。

通过实地走访，我们观察到，在深圳市成功取得大运会举办权、全市矢志不移地“迎大运”的整体背景下，作为珠三角地区的基层镇街，龙岗区平湖街道在此期间，在基础设施建设、城市更新、市容市貌、转型升级、文明创建等多个方面均取得了重大进展，涵盖社会、经济、民生、文化等领域。

“要超前谋划，才能变被动为主动，在困局中突破发展；要积极争取，才能牢牢抓住机遇，把机遇变成发展的现实；要强力推进，才能攻坚克难，保证工作目标顺利达成。”龙岗区平湖街道党工委书记文枫如此认为。

前瞻思维+主动态度+执行力，这是平湖的方法论。

用外眼观察平湖，在这里，你会看到一场国际体育赛事对一个基层街道的深刻影响，你可看到一个珠三角镇街在大运时代里的自我摸索和改变。平湖在此期间的发展，可称为深圳大运时代的一个基层街道样本。

城市更新

以加快城市更新改造为抓手，力争在开展城市土地整备引进重大项目上有大突破。

数年前，处于高速发展的深圳，面临着诸如土地、人口、资源、环境“四个难以为继”的难题。这也正是几年前深圳龙岗区平湖街道的客观现实。

在谋取发展空间上，平湖街道将重点放在了城市更新。

2011年春节一过，平湖街道部署新年任务，“以加快城市更新改造为抓手，力争在开展城市土地整备引进重大项目上有大的突破”，便是全街道今年力争实现“五个突破”的重点之一。

平湖街道有关负责人向记者介绍，在城市更新改造上的突破，主要包括大力推进城市旧改项目实施，加快进行对新南北门坳片区的综合整治，改善平湖中心区面貌；推进辅城坳片区、山厦、良安田、水门安置区建设；落实鹅公岭片区安置区用地区位、规模并办理有关规划、用地等手续；重点推进金融基地二、三期和鹅公岭工业区、白坭坑食品产业园土地整备项目，并完成对所在片区的整体改造；抓好佳兆业一、二期城市更新，开发高品质房地产。

有资料显示，仅仅在去年一年内，平湖街道在旧城改造和城市更新上便取得重大进展：

占地31.5万平方米、可供开发用地18.2万平方米的龟地—禾虾岭项目首期开发已动工建设，计划2012年6月竣工；

占地20万平方米的旧圩片区首期项目已完成安置补偿80%，计划2011年底开工；

总面积52.76万平方米、总投资约2亿元的深圳全市最大综合整治项目新南北门坳综合整治工程项目已启动；

山厦片区综合整治项目通过市区验收，新一批城中村消防综合整治15个居民小组消防初步设计方案完成，年底完工；

…………

“在土地整备已取得显著成效的基础上，全力加快城市更新和土地整备，为重大项目进驻拓展新的发展空间，已经成为平湖的重中之重。”平湖街道有关人士介绍。

据悉，近年来，平湖街道围绕市金融产业服务基地建设、鹅公岭片区改造、白坭坑国际农产品物流园区建设和城市道路建设拆迁安置等项目建设，全力开展土地整备，着力拓展产业调整升级和城市发展的空间，创造了以整村改造为主要方式，让当地居民共享产业发展利益的土地整备模式，将紧邻金融基地的生态线内辅城坳社区的旧村、旧工业厂房整体拆迁，恢复生态用地功能。

平湖街道有关负责人介绍，他们就是要通过土地整备和城市更新，切实做好产业招商和重大项目策划引进的前期工作，为引进有实力、有潜力的企业和高科技含量、高附加值、高市场占有率的三高型企业进驻发展创造新的发展空间。

市容提升

建筑外立面改造、灯光夜景、绿化提升等工程项目的完工，一切因大运而变。

7月上旬，平湖守珍街。

这条平湖片区最为繁华的街区市政道路，是平湖街道辖区内的商业贸易聚集区，一场豪雨过后，邻街的建筑立面色彩鲜明，黑色沥青路面与整齐划一的交通标志标线映衬分明，仿佛焕然一新。

这一切，因大运而改变。

据介绍，平湖街道以迎办大运为契机，联合街道城管、执法、市场监管等各部门和各社区，集中精力，加大力度，彻底整治辖区市容环境脏乱差的痼疾。目前，该街道市容环境提升行动取得显著成效，市容环境得到全面提升。

有关人士告诉记者，全街道多措并举加快推进办赛事办城市工程项目建设，确保23项迎大运市容环境提升的建筑外立面改造、灯光夜景、绿化提升等工程项目在规定日期前完工，打造市容环境提升优质工程、民生工程。

据悉，平湖街道投入300多万元实施“穿衣戴帽”工程，对隔圳路440多米的街道进行立面刷新、招牌整治和路面改造，同时在守珍街开展立面改造工程。在新一轮城中村消防整治中，整治面积逾397万平方米，整治栋数达6798栋，清除卫生死角2940处，拆除广告牌3387块，没收移动广告牌1476块，清除乱张贴25392处，打通消防通道50条，拆除乱搭建11589处，清理乱摆卖724宗，全面完成了17个城中村以消防安全为重点的新一轮综合整治。

值得一提的是，该街道强化管理和监督，设立了市容督导队和监督指挥中心，市容督导队每天分三班在12个社区巡查、监督，每天把辖区卫生存在的问题拍照记录下来，或通过督办函及时反馈到承包环卫的清洁公司和社区，快速处理。

将市容市貌的工作纳入片区综合整治工程，这是平湖街道在提升辖区形象上的另一重思路。位于平湖街道新南的北门坳严管片区，就是此中的典型之一。

为改变平湖中心城区面貌，平湖街道专门成立了北门坳严管片区工程项目办公室，通过实施任务列表上墙实时督办，组织督察人员开展现场巡查，实行日期倒逼制度等措施推进工程进度，狠抓迎大运整治工作。

资料显示，作为全市最大的二类整治项目，新南北门坳严管片区面积约52万平方米，总投资约1.6亿元。整治内容主要包括对原有的地下管线进行集中整治更换、电缆及通信光缆下地、疏通消防通道、拆除不符合消防要求的建筑物、对路面的整体美化、建设和完善公共服务设施等；地上工程主要是拆除乱搭建、地面铺砖、立面刷新、绿化等。

基础设施突围

交通瓶颈突围，民生设施解困，有力推动了平湖片区的重大基础设施建设。

2012年6月2日，随着深圳市市长许勤宣布“丹平快速路一期工程完工通车”，这条联系罗湖、布吉、平湖、横岗的纵向城市快速通道正式投入使用。这条主要服务于深圳市东部发展轴的城市快速通道，对于平湖街道片区的影响是显而易见的。

“平湖与市区的交通距离大大缩短，更为重要的是，它缩短了我们与深圳市区的心理差距。”一位平湖居民如此兴奋地说。

可是，就在两三年前，“平湖被抛弃”论的网帖，还在讨论平湖面临的各种交通瓶颈。

从2010年开始，制约平湖发展的城市路网建设取得重大进展。据悉，14条主干道路进入建设阶段，其中平安大道、富康路、惠华路、中环大道、嘉湖路、丹平一期、清平二期、平大路、平吉大道北段等9个项目正紧张施工或完成，进入金融基地的中环大道一期、惠华路一期已完工，丹平快速一期、平大路观澜至山厦段完工……

与此同时，平湖片区内部的交通网络也在大举建设中。据悉，上级总投资9440万元的平湖物流基地片区交通综合整治于2011年完成，而2012年以来总长17公里的23条城市次干道和断头路的打通在加紧进行，平湖3号路及生态园路建设将在2012年完工。

道路交通建设，只是平湖街道基础设施建设中的领域之一。

为解决安置用地问题，该街道利用历史遗留难以开发的用地解决拆迁安置问题，分社区进行安置，充分满足了居民就近安置的愿望，且尽可能挖掘潜力，多控制安置房，为将来片区拆迁的长远安置需求做了充分准备。

在民生项目建设上，平湖街道近年来亮出一系列“组合拳”。凤凰山国家矿山公园项目一期揭碑开园，主体工程已完工并投入使用；罗山郊野公园已立项，平湖体育中心和平湖人民医院门诊楼、行政楼改造扩建工程及新址重建项目纳入区重大民生工程，并取得扎实进展。与此同时，一些社区文体活动中心建设的推进，将极大地满足社区居民的文化健身需求。

记者同时获悉，在平湖物流园区的带动下，园区内13个重大物流项目中，不少项目已投入运营。

转型升级

在传统产业与新兴产业之间如何取舍，考验街道决策人员的水平和智慧。

“为防止平湖在新一轮城市发展中被边缘化，我们变压力为动力，抢抓和创造机遇，在争取上级资金投资、重大项目储备、重大建设项目跟踪协调、拆迁安置项目推进等方面积极工作，主动靠前与上级职能部门协调协商。”平湖街道有关负责人表示。

这一思路，让平湖在大运时代里找到了转型升级的动力。

鹅公岭工业区的转型发展，便是平湖街道转型升级的缩影。据平湖街道工作人员介绍，鹅公岭工业区土地整备项目将为未来发展战略性新兴产业（物联网）提供用地保障，园区规划面积76.6万平方米，该街道现正推进土地整备工作，争取尽快落实中国航天科工集团工业用地。

同时，为了应对全街道拆迁工作量大、涉及拆迁的工业厂房多的情况，对于一些有发展潜力的本土企业，尤其是想留在平湖继续发展的本土企业，要帮助其实现转型，就地转型、就地升级，通过建设集中工厂安置区的方式，引导被拆迁企业留下产业链两端的“总部、研发”和“销售、服务”环节。

从2010年开始，平湖街道便开始着力拓展产业调整升级空间，这让经济结构调整升级初显成效。

据悉，在土地整备上，近年来该街道围绕市金融产业服务基地建设、鹅公岭片区改造、白坭坑国际农产品物流园区建设和城市道路建设拆迁安置等项目建设，全力开展土地整备，依靠土地整备着力拓展产业调整升级和城市发展的空间。创造了以整村改造为主要方式，并让当地居民共享产业发展利益的土地整备模式，并将紧邻金融基地的生态线内辅城坳社区的旧村、旧工业厂房整体拆迁恢复生态用地功能。白坭坑社区土地整备项目将把白坭坑打造成以海吉星国际农产品物流园为核心，华南地区规模最大、功能最完善、配套最齐全、辐射范围最广阔的绿色、安全、高效的农产品现代物流枢纽。

社区经济转型发展上，白坭坑社区也取得实效。据悉，该社区发挥区位优势，以工业厂房置换商业和仓储业的方式与农产品物流园项目投资方寻求合作，单位面积物业收益水平成倍提高。平湖社区把原大皇公旧工业区19栋厂房进行整体招租二次开发，由承租商对旧厂房进行全面装修改造，用以发展商业、餐饮业和酒店业。通过产业置换，不仅使旧厂房得以盘活，周边的环境有了较大改善，而且场地租金、税收收入可以实现翻番，还新增就业岗位3000多个。

对于平湖街道这样一个改革开放先行发展地区，在传统产业与新兴产业之间的如何取舍，确实考验着街道决策人员经济发展的水平和产业选择的智慧。

对此，平湖街道总的思路是“利用现代信息技术做大做强传统优势产业，在扶持本土企业总部经济发展的同时，加快推进传统劣势产业转移退出，把挤出的空间用于引进科技含量高、环保节能的高新技术产业”。

在具体举措上，他们鼓励社区抢抓市金融产业服务基地、平湖物流基地、国际农产品物流园落户平湖带来的发展机遇，并以此带动平湖城市面貌的整体改观；引导鼓励社区股份合作公司参与资本市场运作，参与一些风险小、前景好、回报率高的科技企业、现代服务业、房地产业、酒店业等预期收益明显的企业经营；带动社区股份合作公司建立健全市场主体人格，形成社区股份合作公司综合发展、立体推进的良好态势；引导辖区中小民营科技企业积极实施自主创新战略，推动和促进全街道整个产业结构的升级发展。

文明创建

提高市民素质，参与大运赛事，双重任务在街道文明创建工作中收获颇丰，亮点不少。

文明创建，绝非一朝一夕之功可以完成。平湖街道有关负责人介绍，该街道独特的人口结构——外来务工者群体占据全街道人口极大比例，决定了在大运会前夕提升人口文明素质绝非易事。

“城市公共文明就是一个城市的重要组成部分，它是一个城市软实力的表现，”平湖街道党工委宣传部有关负责人认为，“在深圳这样一个移民城市，特定的人口构成形成了独特的城市风尚。在城市公共文明的创建上，一方面需要大力的宣传倡导，另一方面则需要强有力的约束机制。”

为提升市民素质、创建文明城区，平湖街道采用了大力宣传教育与有效约束机制相结合的思路。

无论在工作日还是周末，他们通过专职工作人员、公务员、志愿者等群体上街进行劝导，加强对各主次干道、社区的巡查、监督和保洁工作，向各种不文明行为说“不”，确保中心区域市容整洁，改善了街道和社区的外在形象。

据不完全统计，该街道迎大运、创全国文明城市标兵行动开展后，共出动了2万多人次开展义务工作行动，劝导群众按照规定通过红绿灯道口2556人次，劝导群众按照规定投放垃圾5387人次，劝阻行人不文明行为9000余人次，劝阻、纠正违规骑自行车、违章驾驶机动车3000多辆次，劝阻、查处乱摆卖9766宗。

记者了解到，为深入宣传普及大运知识和公共文明礼仪常识，倡导文明和谐的社会风尚，平湖街道开展了“文明形象大使”评选活动，评出了39位文明守礼、服务群众、尊老爱幼、爱岗敬业、无私奉献的优秀代表；同时积极推荐相关家庭和人员参加深圳市、龙岗区各级相关部门举办的文明评选活动，并取得了一系列成绩，得到了街道、社区居民的认可。

文明参与大运，全力开展大运赛事筹备与提升行动，成为平湖街道在大运会前夕的另一项重点工作。自行车场馆的行政保障服务，便是平湖街道直接参与大运会的工作之一。

记者获悉，由于大运会期间自行车比赛项目多、场馆多、临时搭建多、协调难度大，运行较为复杂，因此作为行政保障责任单位的平湖街道办第一时间实现了集中办公。2011年3月30日，首批40名团队成员进驻自行车馆临时办公场地集中办公，成为龙岗赛区较早进驻场馆集中办公的运行团队。

“自己喜欢自行车运动，同时也算是我们自身参与大运会、为大运会营造气氛！”曾经成功登顶珠峰、如今任大运会自行车场馆运行团队竞赛组织经理的平湖居民刘永忠，用这样朴素的话语道出了平湖街道参与大运的平实心态。

（刊发于2011年7月13日《南方日报·深圳观察》特08版）

5．平湖样本：珠三角一个镇街十七年变迁

一个曾经高速发展、有过辉煌光景的镇街是如何成为网民“被抛弃”主体的？在金融危机爆发后，长期以来形成的经济产业结构难以为继，在此情境下，镇街产业格局和经济发展变革面临种种困境。这是早先引领中国经济发展的珠三角地区镇街遭遇的共性问题。

在深圳的而立之年，城市化浪潮过后的关外各街道，究竟是一种怎样的现实？被认为是“牺牲者”的街道群像，度过由镇变街的心路历程是怎样的？它们的未来在哪里？它们准备好了吗？

我们再次以地处深莞交界的龙岗区平湖街道为例。这只是普普通通的一个样本，但它的发展与变迁映照的正是珠三角地区星罗棋布的镇街的身影，它遭遇的问题或许正是众多镇街群体遭遇的共性问题，它面临的现实也多少代表了深圳关外街道们的艰难一页。

平湖，不仅仅止于平湖。它如何突围，对于珠三角地区不少相同遭遇的镇街有着难得的启示。

老刘掏出木制烟嘴，一会儿沉思冥想，一会儿支上一支烟，而后又缓缓道来，直到采访最后，这支烟也未曾燃起来。

既是深圳市人大代表，又当了17年龙岗区人大代表的刘国荣，是龙岗区平湖街道新南社区原党总支书记。

“现在同凤岗比，差得太远了！”

凤岗是东莞市辖区内的一个镇，与龙岗区平湖街道相邻。生活在平湖的人们，自然地喜欢拿平湖与凤岗相比较，而如今比较起来，他们总生出天壤之别的落差。

“现在的平湖，既不像特区的一个街道，又不像东莞的一个镇。”

有深圳学者认为，以平湖为例的深圳镇街发展史，既有先发展地区遭遇的规划匮乏、经济结构单一、产业创新动力不足等自身原因，又有农村城市化后来自体制机制上的暂时性的权责不对等的一系列矛盾。

“抢抓机遇”，这四个字近年在龙岗区平湖街道被频频提出。如今，深圳市金融产业服务基地和物流基地、国际农产品物流园先后落户平湖。有知情人士表示：“现在平湖是抢抓机遇的最后时机，一旦错过，可能再也不会有了。”

忆往昔光荣岁月

宝安县19个镇中的最小镇平湖，区区40平方公里，工业总量位于宝安县前列；一条铁路横穿平湖镇，设立的客运站带来滚滚人潮，商贸业应运发展；先人一步奠定的工业发展基础，以及相对成熟的发展思路引来平湖周边各镇、东莞邻镇参观学习，取经者络绎不绝……

在老平湖人心里，宝安撤县龙岗设区，这些回忆宛如陈年旧梦。在10多年前，这样的一幕幕场景都在上演。

“以前的平湖火车站热热闹闹，现在冷冷清清，连候车室都说租给人家了，”平湖街道一社区居民刘先生告诉记者，一脸落寞，“不能说是宝安县最好的，但一直走在前列，工厂企业多，经济好。”

1990年从学校毕业的陈功（化名），来到了位于平湖镇的物流办公室报到上班。这个时期的平湖镇，在陈功回忆中是这样的：“当时的华特工业园是比较早的工业区；当时平湖的经济总量与沙井持平，工厂规模也不相上下，观澜远远在平湖之后，东莞凤岗的工厂企业都是被平湖淘汰下来后才去了那里。”

在陈功看来，龙岗建区以来的平湖发展，是“醒得早、起得晚”的典型样本。“平湖觉悟得比较早，但是并没有抓住更多的机遇，比如观澜，就依靠一个高尔夫项目带动了整个片区的发展，各种基础设施迅速完善，由于高尔夫运动和星级酒店的设立运营，观澜的城市面貌远非当年的‘平湖大哥’可比。”

即便是在如今看来比较窄小的平湖双拥街、守珍街，在陈功的记忆中也非常繁华。“那都是非常旺的地方，商贸业非常旺”。

社区居民刘先生介绍，坐落在平湖的晶都城酒店，建立在20世纪90年代，成为当时龙岗区的首批三星级酒店；如今这个酒店，在熙来攘往的道路一侧，再也找不到那时候的一点光彩。

担任村里党支部书记的刘国荣说，那时的新南村“发展得比较快”，“批地皮、各种报批手续都在镇里一个叫作‘村镇建设办’的机构办理，容易获批，当时村里也没有违建，道路两旁的自建房规整得很”。

静悄悄的衰落

三十年河东三十年河西。

不到30年，种种迹象开始显示，平湖开始有所不同了。用当地一位人士的话说，这便是“成也招商引资，败也招商引资”。

该人士介绍，按照经济发展的以往经验来看，先发展地区由于起步早、发展无经验可循，都是在自我摸索中前进，但这时候干事创业的激情和动力十足，招商引资而来的“三来一补”企业蓬勃发展，使得镇域经济空前繁荣，并持续了相当长的一段时间；但是到了一定时期，发展积累的各种矛盾，土地、资源、人口、环境等各方面逐渐呈现出难以为继的局面，比如相对低端的“三来一补”企业尤其是能耗大、污染较为严重的小型企业，原来的促进经济的动力开始转为经济发展的阻力。

这是一场静悄悄的变化。

有受访者告诉记者，应该是在2000年左右；而另外的受访者认为，平湖的真正衰落开始于2004年农村城市化前后。

“大约在2000年后，平湖的发展开始处于停滞状态。”市、区人大代表刘国荣说。

这始于平湖的地域特征和交通路网。

陈功认为，从平湖的地理位置和交通路网来看，这些年里的平湖，一直处于“被掐死”的局面。

“从地图上看，平湖地处深圳的中部地区，往东扩展，受邻市凤岗镇的牵制，区域扩展能力十分有限；另一方面，无论是通往深圳市区，还是通往龙岗中心区，平湖的这两条道路都在不同时期内存在着收费现象，这大大影响了居民的工作生活，先是地理距离的遥远和不便，继而影响到人们的心理距离，随之影响到商贸业的发展。人流的缺乏，随之带来物流和资金流的缺乏，最终影响到平湖片区的竞争力。”陈功这样说。

有人士认为，综观平湖17年的发展，规划滞后、发展无序成为阻碍其发展的重要因素。“因为交通、规划等各种问题的长期积累，平湖的产业升级缺乏机遇，铁路的功能也没有充分利用起来，物流平台的建设也未能充分发挥作用”。

在如今的平湖街道办正门口，四车道的守珍街一路逼仄。有知情者表示，最初规划这一条路的时候，为了腾出更多的土地用于厂房建设等，时任的领导干部甚至有主张两车道的建议。由此看来，先发展地区自我摸索的路径，往往经验与教训同在。

“由此而来，平湖一弱百弱”，陈功说。

平湖本地居民刘先生告诉记者，随后的局面又开始有所改观，平湖的另一条较为重要的道路——双拥街，在开始建设之时，道路两旁预留了较为宽敞的人行道，并栽种了观景树木。“从这一点上看，平湖就是如此这般，一路走过来的”。

城市化的是非

有不少受访者认为，平湖真正的衰落，是从2004年农村城市化浪潮开始的。

“与东莞发展模式不同的是，深圳自农村城市化之后，开始实现审批权上移，为了确保整体统一性，众多审批事项的权限上缴至龙岗区，更多的是交由深圳市一级的职能部门。这大大制约了基层发展的积极性和发展诉求。”有社区经济观察人士如此认为。

2004年年中之际，深圳宣布，关外的宝安、龙岗两区到年底前将全部完成城市化，这涉及到218个村27万原村民，届时深圳也将成为全国第一个没有农村行政建制和农村社会体制的城市。

从村民开始享受养老保险开始，城市化之梦开始牵引关外居民们的生活和发展。但是事隔多年，来自基层的一些质疑未曾停止。深圳关外农地国有化的这场试验，到底是增加了还是剥夺了城市化过程中的农民权益?

对于新南社区原党总支书记刘国荣而言，他的感受是："这个时候建设审批的政策开始收紧，原居民的违建抢建风开始起来了，有堵而没有疏”。

对于席卷包括平湖街道在内的深圳城市化浪潮，刘国荣认为："城市化后需要有统一的规划，从长远角度而言，肯定是正确的，但是对于基层和居民而言，不要嘴说的城市化，要实实在在的城市化。"

这便是农村城市化后的街道、社区两级的基础设施、公共服务等领域的投入问题。财政资金未能真正到位，公共基础设施项目的欠缺和匮乏，开始引发民生领域的连锁式、循环式反应。

早在三四年前，刘国荣在龙岗区人大会上提出了《关于对公共设施用地进行预留和控制的建议》。在建议中他写道："以平湖街道为例，目前现状管理人口已经超过60万，因改革开放30年来的快速发展，有限的建设用地已大部分被工业厂房和居民楼所占据，而休闲公园、体育活动场所等公共设施却严重匮乏，无论是本地居民还是外来建设者均对此意见很大。为从根本上解决公共设施缺乏的现状，对用地进行预留和控制就变得至关重要。”

这时候的社区居民刘先生，为了自己的孩子就读高中，开始搬进深圳市区的花园小区。“就是到了现在，平湖没有一所高中，没有一所电影院，没有一个可以容纳较多人数的会堂……”刘先生一口气说道。

城市化转身之后，留给平湖一个待解的问号。

城市更新带来的希望

4月13日的平湖街道，街道办大楼门前偌大一片厂房已经拆迁一空，不远处街道办的鲜红标语甚是耀眼——“立足新起点，实现新跨越”。

这一片空地，不久后将成为商业地产项目，连片开发的高层建筑将拔地而起。

前后参与这一旧改项目的新南社区原党支部书记刘国荣，言及这些不免面露笑颜，这一项目为社区带来至少3亿元的经济收益。

刘国荣现在寄望甚高的便是城市更新改造。“城市更新改造是提升城市化水平的重要一笔，既可以改善市容环境面貌，也可以切实改善居民的经济。”刘国荣认为，“如何补偿和鼓励社区及居民？这是有关部门不得不正视的一个问题。”

对于平湖片区的困境，陈功认为突破的方法是“2+1”方式：“必须牢牢依靠深圳市金融产业服务基地和物流基地、国际农产品物流园这两个基地，然后就是要用足用好‘三旧’改造（城市更新）这一政策。”

“如果是因为我们的拆迁安置工作影响了市金融产业服务基地的建设，错过或丧失了推进棚户发展这一千载难逢的机遇，那么，平湖不仅将在全市新一轮的发展中有被‘边缘化’的危险，我们长期以来一直期待快速破解平湖基础设施制约发展问题的愿望也将难于实现；平湖要转型发展、改善和提升城市品质，也将错过或丧失一个最好的契机。”在今年开年之际的平湖街道全年工作会议上，平湖街道办主任钟春平如此讲道。

深圳三十而立，平湖17年间变迁起伏的身后，又将写下什么样的故事?

（刊发于2010年4月14日《南方日报》AⅢ04版）

6. 平湖街道破题“产街融合”

入驻企业已有21家，涵盖LED、太阳能、高端电子等行业，还有部分处于孵化阶段的创新性企业，作为深圳首家低碳产业园区的新木盛低碳产业园区，目前逐步形成有别于传统经济的特色园区发展模式。

与新木盛园区相对应的白坭坑社区，已经初尝大项目带来的甜头：国际农产品物流园的落户和运营，为社区产业转型发展带来了历史性的机遇，如今白坭坑社区综合党委书记罗仲文正在考虑的是整个社区的“综合规划”。

诸如此类的新现象，出现在深圳龙岗区平湖街道。

当前，转型升级工作成为全省上下的主要任务，如何打好转型升级这一仗，对于基层有着至关重要的作用。位于深圳龙岗的平湖街道，在龙岗区委、区政府出台《关于进一步加强经济工作的若干意见》的背景下，正逐步告别传统镇街粗放发展模式，开始打造街道与社区两级联动的发展战略，探索“产街融合”路径、加速全街道的转型升级。

“从2012年2月份开始，我们街道党工委书记黄惠波带队，每个周末至少要用一天来走社区、访企业，调研街道的转型升级”，龙岗区平湖街道党工委办一位负责人向记者透露，在该街道，转型升级工作已经被提到“全街道经济综合竞争力和可持续发展能力”的高度上来对待。

系列制度出台：挂点社区和企业力防经济“希腊化”

平湖街道这一基层组织建设的主题，实际上针对的正是基层社区的转型发展大命题。与“一对一”式的引导基层社区转型发展相类似的，还有平湖街道建立的“街道领导联系重点企业制度”，街道领导带头挂点社区和企业。

新木盛低碳产业园。

“在社区经济发展工作中，有的居民小组经济组织我行我素、随意决策，造成了社区经济和居民的重大损失”，针对珠三角个别地方出现的社区经济发展问题，防止社区集体经济“希腊化”，深圳市龙岗区平湖街道出台“一扩建、一整顿、四提升”等系列举措，推动基层党组织的建设，从而带动社区经济发展。

针对东莞部分村（社区）借债分红问题，2012年3月省委书记汪洋曾告诫说，不下决心转型，有些村可能会变成东莞的“希腊”。日前，为防止社区集体经济“希腊化”问题，促进基层社区健康稳定发展，平湖街道为落实中组部《关于在创先争优活动中开展基层组织建设年的实施意见》和省、市有关会议精神，将今年的基层组织建设年的主题确定为“一扩建、一整顿、四提升”。

平湖街道这一基层组织建设的主题，实际上针对的正是基层社区的转型发展大命题。记者获悉，“一扩建”具体内容为，针对该街道34个有经济实体的居民小组进行摸查，有3名以上党员、有场地、有合适党支部书记人选的，要成立党支部；条件暂不成熟的，要成立党小组，实现居民小组一级党组织组建率达到100%。“一整顿”则是整顿党组织班子软弱涣散、经济转型推动缓慢等后进基层党组织。

值得注意的是，在平湖街道开展基层组织建设年活动中，明确要求“街道党工委委员联系一个后进基层党组织”，“负责联系的街道党工委领导每周至少深入联系点1次，了解情况，指导工作，督促整改”。

与这种“一对一”式的引导基层社区转型发展相类似的，还有平湖街道建立的“街道领导联系重点企业制度”。

“为企业服务，就是为自己服务！”平湖街道日前建立街道领导联系重点企业制度，为辖区内的43家产值超亿元的企业做好重点服务、解决各类难题。“出台这一系列加强转型升级的制度，就是要进一步转变政府职能，搭建顺畅沟通平台，创新主动服务机制，提升服务水平，做好重点企业的服务工作，切实帮助企业解决生产经营和项目建设中遇到的困难和问题。”深圳市平湖街道有关负责人告诉记者。

据悉，他们目前已建立了联系服务制度，每位街道领导分别与数家辖区重点企业结成联系服务对子，街道党工委书记等主要领导带头挂点社区和企业。

“建立街道领导联系重点企业制度，就是要通过强化企业服务，加强政企沟通与了解，积极为企业排忧解难，增强企业投资信心；依法维护企业和企业经营者的合法权益，让企业经营者能够把主要精力投入到发展生产和提高效益上来，为平湖经济发展作出应有贡献”，平湖街道经科办主要负责人告诉记者，他们对此建立了联系服务、调查研究、分类指导、工作例会等多项制度。

“两级联动”战略：社区与街道共促“产街融合”

“如果说平湖街道是珠三角地区传统镇街的转型样本的话，那么白坭坑社区就是平湖街道的典型样本。在曾经的第一轮发展中，白坭坑依靠的是土地、廉价劳动力等要素，在如今新一轮转型发展中，社区依赖的路径完全不同了，用规划、大项目等来带动整个片区的发展”。

传统经济发展模式与经济结构，是长期以来积淀的结果，转型升级则意味着要打破这一既有格局，这毫无疑问需要更大的勇气和智慧。“转型升级必须勇于创新，转型升级的本质是创新，其过程就是不断创新的过程。”广东省综合改革发展研究院执行院长、广东商学院教授徐印州如此认为。

在深圳龙岗，如何创新发展思路，充分调动基层社区参与转型升级的主动性，是眼下转型发展的基础性命题。平湖街道对此不无思考和实践。

从边缘角落到“不夜城”，白坭坑社区之变，正是大项目落地运营后、街道与社区共同谋划转型发展的缩影。白坭坑社区综合党委书记罗仲文告诉记者，区里有关部门、街道领导和职能部门对于社区发展的支持，是社区转变发展思路的重要原因。

“搬个厂房、建个货仓就是转型升级？我们可不这样认为。真正围绕片区功能定位，用规划来引导、来统一社区的综合发展，这才是我们所需要的。”罗仲文告诉记者，他们社区目前正准备邀请规划团队和专家对社区进行重新定位、整体规划。

这一思路，正是在眼下平湖街道不同片区、园区的特色发展背景下形成的。2012年5月平湖街道出台的《平湖街道进一步推动产业转型升级实施意见》显示，按照园区的产业定位和产业导向，做好园区范围内和园区未来拓展区的详细规划设计工作——“白坭坑社区全境作为海吉星农产品物流园的拓展区和辐射带动区”。

“如果说平湖街道是珠三角地区传统镇街的转型样本的话，那么白坭坑社区就是平湖街道的典型样本。在曾经的第一轮发展中，白坭坑依靠的是土地、廉价劳动力等要素，在如今新一轮转型发展中，社区依赖的路径完全不同了，用规划、大项目等来带动整个片区的发展”，平湖街道有关负责人对此深入分析道。

充分调动社区的转型动力，通过转型升级逐步实现产业与街道的深度融合，这是平湖今年以来转型升级系列文件的总体思路之一。

以加快推进高端新兴产业集聚发展为例。记者了解到，平湖街道将按照园区产业定位和规划，配合相关职能部门做好平湖高端新兴（金融）产业基地、鹅公岭战略新兴产业园的招商引资工作，在两大高新产业园区重点引入资金技术密集、高科技含量、高辐射带动能力、高产品附加值的高端新兴产业。

同时，他们按照“大项目—产业链—产业集群”的思路，以两大高新产业园区为核心，以产业园区龙头企业为动力，在产业园区辐射半径范围内预留规划次级产业圈和承接配套拓展区，拉长前后端产业链，形成以园区为轴心、自由向外拓展辐射的带动效应，以此实现快速提升平湖片区整体产业业态水平的目标。

而在整合旧工业区上，平湖街道计划“以四大产业园区为主轴，以项目招商为抓手，渐次推进四大产业园区外围旧工业区旧厂房旧村整体改造升级”，使改造升级后的产业空间与产业园区融为一体，成为产业园区的一个重要组成部分和功能承载区，构成一个更大范围、更大关联性的开放式新型产业园。

让社区参与高端新兴产业园区建设，分享高端新兴产业园区收益，最终实现社区利益与园区利益、街道整体利益的互动统一，这是平湖在转型升级中的一大原则。

（刊发于2012年5月30日《南方日报》AⅢ03）

7．“污染大户”变身“环保标兵”

在连接深圳与东莞的龙平路一侧，在过去数年时间内，一家名为“钰湖电厂”的企业，成为当地政府与居民的一大难题。

这一切源于企业伸向天空的两根大烟囱排出的黑色烟尘。相隔几公里外的社区居民告诉记者，以前下雨的时候，从树叶上掉下的黑色不明物质，让自己座驾上的白漆都被腐蚀了。

这也得到了企业方面的证实。“以前厂区的树大多是干枯的，原来我们厂区也不种草，因为草都死了；当时，为避免那些黑点腐蚀点对衣服、皮肤的损害，电厂的员工在园区内都得撑伞……”钰湖电力有关负责人告诉记者。

如今，这一切悄然改变。“没有消息就是好消息，周边居民没有投诉了，这证明了我们的成效”，深圳钰湖电力有限公司总经理张燕东介绍，在上级有关部门的指导和支持下，钰湖电厂成功进行转型升级，彻底告别让居民烦扰、投诉不断的“重油时代”，如今已经完成油改气，并成为深圳市第一家用上西气东输天然气的电厂，彻底解决了烟尘排放难题。

“污染大户”大转身背后，正是龙岗区平湖街道转型升级工作的现实。在上周的平湖街道贯彻落实党代会精神的有关会议上，平湖街道党工委书记黄惠波说：“对于平湖街道来说，转型升级是最为关键和迫切的！”

样本：电厂之变折射片区发展新理念

曾经的“污染大户”使用天然气发电，实现了以一种高效节能、安全环保的方式来满足平湖经济社会发展过程中的电力需求，这正是平湖片区科学发展的要求。

5月中旬的平湖钰湖电厂，烟仓上方已经不再烟尘漫天，取而代之的是白色的水蒸气。环绕企业四周和内部运行的重点地带，地面整齐干净，绿树、青草在厂区内亦郁郁葱葱。

在厂区内，记者发现一个极富意味的现象：数年前，使用过的重油燃烧设备即将撤出；而新装的天然气相关设备，则已开始运行。

这是两个“时代”的缩影，也是钰湖电厂彻底告别“重油时代”的情形。该企业负责人告诉记者，如今他们迈入天然气时代，由过去的燃油发电改为燃烧天然气发电，在节能减排的同时，实现了清洁发电。

“由于实现低氮燃烧，目前电厂二氧化硫和粉尘已实现零排放。氮氧化物从原来烧油每立方米400mg降到了20mg，远远低于国家标准，也远远低于省里的环境排放标准（50mg）”，该企业有关负责人告诉记者，二氧化碳减排了约77万吨，这相当于减少了20万辆小汽车的排放量。

据介绍，深圳钰湖电力有限公司成立于2004年，此前是当地的一民营企业，后被国企京能集团收购，担负着平湖及周边地区的供电任务。在过去的多年时间内，由于发电机组燃烧的是重油，烟囱排放的废气浓烟很大，并含有大量的二氧化硫和黑色的微尘，机组还产生高分贝的噪声，其污染严重影响了附近居民的生活环境。

从2011年上半年开始，这一现象逐渐改善。据介绍，在上级有关部门的指导和支持下，钰湖电厂投资1亿元，开始对原有两台9E级燃油机进行“油改气”技术改造；2011年8月与9月，两台机组相继完成改造、投产发电。同年，他们还完成了两台燃气轮机的低氮燃烧技术改造。

曾经的“污染大户”使用天然气发电，是平湖企业在“节能减排”大背景下的一大举措；机组的转型升级，实现了以一种高效节能、安全环保的方式来满足平湖经济社会发展过程中的电力需求，这正是平湖片区科学

钰湖电厂之变，折射发展理念变迁。

发展的要求。

记者获悉，由于钰湖电厂靠近西气东输二线工程深圳段出口，前不久，该电厂成为深圳首家用上国家西气东输天然气的电厂。龙岗区发改部门、平湖街道有关负责人对此表示，钰湖电厂的转型升级，表现出节能、减排和循环经济等三大特点，其冷热电联供促循环利用，成为近年来平湖辖区企业的样本之一，实现了企业、居民、社会等多个层面的共赢。

整体：产业项目引领转型发展

“如果我们不抓住当前的转型升级这一重点工作，扎实推动平湖街道的二次发展，就会停滞不前，甚至落后。假如不打好转型升级这场硬仗，那么我们离破败之日就不远了。”

对于钰湖电厂的机组升级换代，感受最深的莫过于电厂周边片区的居民。电厂一侧的新南社区居民告诉记者，如今再也没有见到令人讨厌的“黑雨”。

龙岗区委党校有关人士认为，单从这一案例来看，从小处言，这对于解决平湖当地居民生活难题有极大帮助；从大处讲，这是优化片区投资环境、实现经济转型升级的必然要求。

事实上，转型发展已经成为龙岗区平湖街道最核心的命题。

从单方面追求发展速度，到重视经济增量的质量与速度并举，这是平湖街道的前后之变。记者从该街道获悉，为大力开展招商引资，提升经济增量质量，平湖街道成立了招商引资专项工作小组，充分发挥招商队伍的作用。

着力引进一批科技型、环保型、附加值高的招商项目，正成为该街道目前转型升级工作的重点之一。据悉，他们严格执行项目准入制度，通过材料审核、现场审核等方式，对拟引进的产业项目从产业政策、环境保护、科技含量、投入产出、财税贡献等方面进行科学、严格的筛选把关，着力引进一批科技型、环保型、附加值高的招商项目，提高招商引资质量。

“在今年第一季度，我们共引进12家鼓励类项目，为片区的经济发展注入了强劲动力”，平湖街道经科办有关负责人告诉记者，与此同时他们对拟引进的重点产业项目做好跟踪落实工作，并积极协调解决项目建设中遇到的问题。

上周五，在龙岗区召开的经济工作暨创新发展会议上，味来研发中心、新木盛低碳产业园、华南城（三期）等重大项目及片区发展，平湖街道为数不少的重点企业和创新产业园区，引起了与会者的关注。

记者了解到，以重大项目建设带动新一轮发展跨越和转型升级，正是平湖街道在转型升级工作中的重要思路。

据悉，在龙岗区研究实施的“创新产业系列园区计划”中，26个创新产业园区中，平湖街道占据三席。平湖街道以此为契机，以产业园区完善的硬件配套和龙头企业的产业辐射带动，吸引新兴产业分类集聚，在推进园区建设的同时，根据园区自身的产业定位及产业需求，结合园区入驻标准，大力引进相关企业进驻，同时进一步加大对园内优势企业和成长型企业的扶持力度，积极扶持产业园区做大做强。

该街道有关人士告诉记者，目前，新木盛低碳产业园招商引资情况良好，厂房供不应求，引进多家新能源、低碳型企业；华南城三期建设也已全面启动，在建的有25层华南发展大厦和深圳华南城3、4、5号交易广场等，将设有SHOPPING MALL、家居生活广场、数码电子广场等，全面建成后的华南城有望成为规模宏大、品种齐全、现代化程度极高的工业原料及商品交易中心、现代化综合商贸物流基地和制造业高端集成服务平台。

“如果我们不抓住当前的转型升级这一重点工作，扎实推动平湖街道的二次发展，就会停滞不前，甚至落后。假如不打好转型升级这场硬仗，那么我们离破败之日就不远了”，黄惠波在全街道工作会议上如此发出动员令。

显然，这是一个街道在转型升级中的突围决心和深刻的危机认识。

（刊发于2012年5月23日《南方日报》AⅢ03版）

8．抗击金融风暴　城市建设求变

位于深圳与东莞交界、龙岗西部的平湖街道，对于刚刚过去的2009年，可谓记忆犹新、惊心动魄。大洋彼岸发端的金融海啸，席卷全球各地，在龙岗区平湖街道，辖区内大多数企业外向依存度高；特殊的地理位置和产业状况，让平湖街道在过去的一年间全力抗击金融风暴，“保增长”成为奏响街道全年工作的核心曲目。因此，平湖街道在2009年度的所作所为，成为金融危机袭击和洗礼下基层抗击、奋起的街道样本。

在“保增长”之外，为了民生大计和未来街道的长远发展，城市建设和管理是平湖街道的重点课题。据了解，平湖街道加快速度推城建，城市面貌持续改善，全力配合推进金融基地、城市路网等重大项目的建设，同时还主动规划罗山自行车山地公园，积极向上级有关部门争取推动项目进展。

平湖街道有关负责人告诉记者，2010年全街道将围绕一个总目标——“打造高端服务业基地，建设二十一世纪新平湖”，致力打造两个基地——金融产业服务基地、物流基地，突出四个工作重点——全力推进拆迁安置、全力服务企业发展、着力维护社会稳定、着力保障和改善民生，扎扎实实开展工作，促进经济社会平稳健康发展。

全力抗击金融风暴

已经过去的2009年，注定是一个非同寻常的年度，对于平湖街道尤其如此。

抗击金融风暴全力以赴保增长，是平湖街道全年的主旋律，也是让全街道上下颇费心思和气力的重点工作。

从年初的一筹莫展到年底的成绩初现，平湖街道始终围绕“保增长保民生保稳定”这一中心工作，最终让经济企稳回升明显加快。

平湖街道相关负责人告诉记者，金融危机对该街道2009年经济发展带来的负面影响不小，一些重要经济指标同2008年同期相比，有不同程度的下降，但是，包括固定资产投资在内的多项指标仍呈现较大幅度增长，工业总产值从9月份开始出现累计同比正增长，经济企稳回升明显加快。

一份数据显示了金融危机下一个街道的作为：1—11月份，平湖全街道共完成工业总产值201.78亿元，同比增长6.3%；税收总收入11.05亿元，增长2.8%；固定资产投资总额41亿元，增长38.4%，远高于全区平均增长水平……

与此同时，位于平湖街道辖区内的重点物流项目进展顺利。据介绍，华南城一期商家入驻率超过90%，二期主体工程会展中心已建成并投入使用，华南城第一高楼环球物流中心已经封顶。深圳国际农产品物流园一期已开工建设，项目建成后将是深圳市规模最大的农产品交易市场。粤海全球华南物流中心项目工程一期已封顶。

“抗击金融风暴的思路，还必须化作具体实际的行动之中，这便是该街道加大服务企业工作力度”。平湖街道有关部门负责人表示，“为积极应对金融危机的冲击，采取各种措施与企业共度时艰，平湖街道进一步完善定期走访、重点企业联系制度，街道、社区两级领导走访各类企业300余家，帮助企业协调解决问题1000多宗。组织召开银企座谈会，帮助企业解决融资难等问题。协调海关、商检等部门简化审批程序，协调社保部门在政策范围内允许困难企业缓缴社会保险费，对企业发展给予力所能及的优惠支持。扶持民营科技企业发展，支持成立民营工业协会，帮助亚塑科技公司等企业申请区科技扶持资金2000多万元。联系海关、贸工、商检等部门召开8场政策通报会，帮助企业用好用足各级政府扶持企业发展的各项政策。”

城市更新“三部曲”

2009年10月中旬，深圳全市组织实施“深圳市市容环境提升行动计划”。深圳市委常委、龙岗区委书记蒋尊玉日前指出：“一定要抓住大运主场馆落户龙岗和迎办大运的契机，着力提升龙岗城市形象，让龙岗城市面貌发生翻天覆地的变化，进而实现更大发展。”

由于平湖是先发展地区，先期的发展模式留下了不少未能解决的问题。面对深圳市提出的城市更新计划，平湖街道有关负责人告诉记者，他们将以此为契机，开展一系列卓有成效的工作。几年前平湖街道便提出了城市更新“三部曲”的设想：第一部曲就是“让城市穿上一件干净、整洁的衣服”；第二部曲是“通过穿衣戴帽工程让城市穿上一件新衣服”；第三部曲是“推倒重建”，即目前平湖街道正在大力推进的金融基地大拆迁工作，目的就是要建设一座金融新城。

据了解，在2009年度，平湖街道加快速度推城建，城市面貌持续改善：

——全力配合推进金融基地建设。在市、区政府及有关职能部门的大力支持与推动下，金融基地开发阶段性任务进展顺利。

——全力配合推进城市路网建设。在配合推进金融基地建设过程中，以配套道路为主的路网建设取得新进展。12条主干道路已经进入或即将进入建设阶段，有4个项目正在施工，3个项目已完成施工招投标。平湖物流片区交通综合整治项目进展顺利。

——稳步推进旧城旧村改造。龟地一禾虾岭改造项目改造规划已通过审批，正办理土地出让手续。山厦、辅城坳旧村改造项目已立项，深圳市最大综合整治项目新南北门坳片区项目地质及管线勘察、规划设计已完成，即将进入施工阶段……

——稳步推进公共配套设施建设。着手实施第一批10个配网基建项目和6个低压项目，总投资近2000万元；凤凰山国家矿山公园项目一期揭碑开园土建工程已基本完成；平湖人民医院门诊楼及行政楼改造扩建工程正在施工；山厦革命历史纪念馆顺利揭牌。

力促经济社会平稳健康发展

“打造高端服务业基地，建设二十一世纪新平湖”，在新的一年里，这成为平湖街道清晰明确的总目标。平湖街道负责人表示，在2010年，将致力打造金融产业服务基地、物流基地，重点抓好全力推进拆迁安置、全力服务企业发展、着力维护社会稳定、着力保障和改善民生等方面内容。

——强力推进拆迁安置，做好金融基地前期准备工作。及时研究解决拆迁工作中的各类难题，强化拆迁队伍管理，确保如期完成年度任务。全面完成原分派的金融基地一期及配套道路（惠华路、中环大道、嘉湖路、平安大道、富康路等）和新分派的平吉大道和西宝线的拆迁任务；继续推进基地二、三期土地整备工作，争取启动平湖大街、富安东路、玉平大道的拆迁工作；完成已具备拆除条件的房屋拆除工作，以形成示范效应……

——继续强化保增长措施，实现经济全面企稳回升。采取更加有力措施扶持重点企业做大做强，帮助困难企业渡过难关；继续加大对企业帮扶力度，重点跟踪解决潜力企业在用地、融资等方面的困难；促进企业调整产品策略、出口策略，提高自主创新能力，增强企业自身竞争力；继续引导各社区通过减少厂房租金、管理费等多种途径尽可能减轻企业生产经营负担……

——切实抓好综治维稳，加快建设平安街道。继续完善以诉求服务中心为平台的信访工作机制，完善三级劳动争议调解网格，加大对严重亏损企业和具有逃匿欠薪迹象企业的监察力度；继续保持严打高压态势，净化社会治安环境；继续落实查违责任，确保违建零增长……

——加强基础设施建设，着力保障和改善民生。继续协调推进主干道路网建设，争取开工建设惠华路（余下路段）、平吉大道北段、清平路二期、西宝路、富康路、富安东路等路段。确保3号路完工，矿山公园二期、体育中心一期、平湖医院改扩建工程、平湖会堂及广场改造工程，阳光路、生态园路、天河路、科苑西路、辅岐路、沿岭路、水门路开工建设……

这一系列举措，既是为街道经济发展提供支撑和保障，又是惠及普通居民和外来务工者的民生实事。

（刊发于2010年1月6日《南方日报》AⅢ03版）

9．梦想已经照进现实

在观察人士看来，曾经身居二线关外的龙岗区及下辖的诸多镇街都是“牺牲者”，甚至被网民称之为“被抛弃”。

一个个曾经高速发展、有过辉煌光景的镇街是如何成为网民眼中的“被抛弃”主体的？遭遇全球性金融危机影响过后的镇街群体，长期形成的经济产业结构更加难以为继，镇街产业格局和经济发展变革遭遇重重困境。这是曾经引领中国经济发展的珠三角地区镇街遭遇的普通问题。

在新的时期，南粤大地劲吹转变经济发展方式之风，街道群体在深圳特区扩容大命题中，将如何绘就自己的答卷？“一是加快基础设施的建设力度，二是加紧片区的土地整备和改造。”平湖街道给出了这样的答案。

他们的未来在哪里？他们准备好了吗？为此，我们以深莞交界的龙岗区平湖街道为观察点，在剖析一个街道在过往发展轨迹的同时，展现其在深圳特区扩容一体化大背景下的所思与所为。

几乎就一个春季的时间，在龙岗区平湖街道办公楼的正门口，曾经的旧厂房就变了模样——取而代之的是一个硬底化的临时停车场与矗立起来的商业楼盘的形象宣传。

这样的变化，一改形象不佳的城市形态，给来来往往的行人几许希望。但最开心的还是社区。厂房蝶变为商业楼盘，当然让社区兴奋不已。

前后参与这一旧改项目的新南社区原党支部书记刘国荣，高兴地告诉记者，该项目为社区经济带来至少3亿元的收益。

社区的负责人如同刘国荣一样，现在寄望甚高的是城市更新改造。而在平湖街道主要负责人看来，对于平湖的定位发展，“不能仅仅局限于简单的行政领域下的一个街道，而至少应该考虑为深圳经济特区的一个片区整体来看待”。

近年平湖交通、文卫、教育等基础设施匮乏备受关注，并引发网民的评议。“为什么深圳改革开放30年后，我们反而落后了？我们落后在哪里？今后怎么办？”平湖街道党工委书记文枫、街道办主任钟春平，随后向记者介绍了街道所进行的种种努力。

偏向虎山行！

据平湖街道办负责人介绍，破解基础设施之困就是从交通入手，18条道路的开工和逐步建设，一方面将打通平湖内部循环，更重要的是将建立平湖与深圳市区及深莞惠的快捷联系。

“要进一步提高市民的生活质量。”钟春平认为。据透露，街道体育中心、平湖人民医院改扩建工程、罗山郊野公园和凤凰山国家矿山公园、新规划的中小学学校，正在陆续从梦想走向现实。一个拥有800个床位、占地6万平方米的新医院选址已确定。

特区一体化，平湖怎么走？平湖街道负责人认为：“工业如何走，产业如何提升，是摆在我们面前的最大命题。我们不能单单让工业区‘换笼换鸟’，还要让农民房也‘换笼换鸟’。”

记者获悉，平湖街道下辖的白坭坑、平湖等社区股份公司，已正在探索新的发展方式谋求转型升级。而靠近深圳市金融产业服务基地的辅城坳社区，则在市、区和街道的指引下，开始了“整村改造”的“产业升级置换+社区为产业配套+人口素质提高”的城市化进程探索，一旦成功，将惠及产业项目运营方、社区股份公司和居民各方。

平湖在路上。

沉思：一个镇街的30年变迁

传统的“两租”经济，单一的经营模式，平湖街道面对的是珠三角许多地区遭遇的发展中的困惑：产业、环境和城区之间的矛盾，在众多方面

相互影响、环环相扣，同时也意味着在旧有的发展模式下难以突围。

这是普普通通的一个样本。平湖街道面临的现实，多少代表了深圳关外镇街的艰难一页。

但平湖街道的发展与变迁，映照的正是珠三角地区星罗棋布的镇街群像。有人士认为，曾经的镇街，如今面临的主要问题大多包括：经济发展结构性问题显著，传统产业面临严重挑战，社区集体经济遭遇发展瓶颈，土地资源日益紧缺以及基础设施严重滞后。

“随着传统产业向高端现代服务业转型和置换，城市基础设施的落后现状已经成为制约平湖实现跨越式发展的瓶颈。”平湖街道负责人这样认为。

可在数十年前，平湖街道一度领风气之先。许多老一辈的平湖人都清楚地记得20多年前的经历：平湖作为当时宝安县19个镇中的最小镇，区区40平方公里，工业总量却位列宝安县前列；一条铁路横穿平湖镇，设立的客运站带来滚滚人潮，商贸业也是先人一步得到发展，奠定了较为扎实的工业发展基础。

龙岗区贸工局一位经济师，20世纪90年代初毕业分配在平湖工作。对于那个时期，他回忆道：“当时平湖的经济总量与沙井持平，工厂规模也不相上下，东莞凤岗的工业发展远远落在平湖之后。”

与众多先发展地区一样，平湖也难以避免地经历了建工厂、引企业、办加工贸易的发展路径，而经济发展粗放方式与推动经济快速增长之间的矛盾日益尖锐，城市基础设施严重不足，与深圳市区经济发展和社会管理的高水平、高标准相比，平湖差距明显。

传统的“两租”经济，单一的经营模式，平湖街道面对的是珠三角许多地区遭遇的发展中的困惑：产业、环境和城区之间的矛盾，在众多方面相互影响、环环相扣，同时也意味着在旧有的发展模式下难以突围。

“作为先发展地区的平湖，辖区人口高度密集，41平方公里居住着60万人口，这一情况下，全街道的供水、供电、排水、排污等基础设施建设，以及随之而来的社会与城市公共服务和管理，给我们带来了非常大的压力。”平湖街道办主任钟春平向记者坦言。

于是，平湖街道开始谋求新的发展思路。他们开始跳出“就产业论产业”的桎梏，转而在城市、环境、产业以及与片区的发展关系中寻求破解之道，同时试图开始破解传统产业粗放发展模式与现代产业体系之间的产业升级矛盾，城市土地的难以为继与社区集体土地碎片式开发之间的土地升级矛盾，以及传统工业化模式与片区统筹发展之间的城市升级矛盾。

在平湖街道的一份文件里，显示了他们未来努力的方向：“以特区范围扩容为新支点，以‘打造高端服务业基地，建设二十一世纪新平湖’为总目标，以金融产业服务基地建设及其配套道路拆迁安置为重心，用好用足深圳市深化综合配套改革、加快经济发展方式战略性转变、实施城市空间和功能战略性优化等政策，依托建设平湖金融服务基地和物流基地的优势，发展金融和物流业企业总部，成为深圳打造国际化城市的重要功能区。”

30年的时光里，平湖从一度引领风气之先，到逐渐荣光不再；在特区扩容的大背景下，他们又再次出发。

“特区扩容后，平湖是深圳中部地区除坂田、龙华之外的最大受益者了。”平湖街道办副主任周柏平对平湖的未来怀有充足信心，“平湖的区域位置好，只要深圳中部的最重要道路清平大道一修通，我们距离市区就不远，只需要10分钟的车程。”

周柏平的信心来源于市场力量的凸显。“目前已有华南国际工业原料城、国际农产品物流园及市金融产业服务基地等重大产业项目启动，市区共有10多家具有相当实力的开发商进驻，平湖未来会更好。”他透露说。

转型：社区里静悄悄之变

“社区转型发展”，这正是龙岗区上下共同面对的一个核心词。以白坭坑、平湖为代表的社区，围绕区域功能定位，调整优化产业布局，以承接高端产业强力辐射为推手，有序推进产业结构转型升级，在平湖街道成为了新的探索方向。

来自基层不动声色的变化，既是村社层面的脉动，又似乎暗示着一场新的“革命”正要到来。无论对于眼下的社区转型，还是融入特区的漫漫长路，摆在社区和居民眼前的，注定是一场静悄悄的“革命”。

这对于从漫长年代里走来的“包租公”而言，不能不谓艰难与沉重。因为这一切都意味着，他们要么继续传统的倚靠厂租、房租的日子，但这样的日子似乎举步维艰，要么在一定风险下承受压力而图变，用新的方式重现往日的繁荣。

平湖街道白坭坑社区，一度受金融危机和加工贸易企业外迁转移影响，社区集体经济收入波动，面临巨大的转型升级压力。

但眼下的一场探索，有望让他们成倍地提高单位面积物业的收益水平。

据介绍，目前白坭坑社区股份公司的负责人们倚靠区位优势，正在探索以工业厂房置换商业和仓储业的方式，与坐落在该社区的深圳国际农产品物流园项目的投资方寻求合作。通过推进工业厂房功能置换，改变社区内物业收益模式，成为白坭坑社区的不二选择。

根据地理区位优势，引导和推动社区经济转型发展，正是目前平湖街道所进行的工作之一。“我们目前正在推动白坭坑社区对接农产品物流园项目辐射，山厦、辅城坳社区对接金融产业项目辐射，新木、上木古社区对接物流基地辐射，以点带面带动街道产业结构的优化。”平湖街道有关负责人告诉记者。

于是，在街道引导下的各社区，逐步开始主动承接中心产业如金融、物流业的辐射。平湖街道要求社区充分利用市金融产业服务基地、物流基地、国际农产品物流园落户平湖的机遇，加快布局金融产业、现代物流业配套延伸产业，有计划引导旧改开发商引进商业、餐饮、酒店、房地产等第三产业，促进街道产业结构的优化。

在另一个社区，平湖社区股份合作公司也获得了综合效益。据了解，平湖社区股份合作公司把原来的旧工业区的19栋厂房进行整体招租二次开发，由承租商对旧工业厂房进行全面装修改造，用以发展商业零售业、餐饮业和酒店业。

据介绍，平湖社区股份合作公司通过产业置换，不仅使旧厂房得以盘活，周边的环境得到了全面美化，周边城市面貌有了较大改善，而且场地租金收入可以实现翻番，新增就业岗位3000多个，税收成倍数增长。

“社区转型发展”，这正是龙岗区上下共同面对的一个核心词。以白坭坑、平湖为代表的社区，围绕区域功能定位，调整优化产业布局，以承接高端产业强力辐射为推手，有序推进产业结构转型升级，在平湖街道成为了新的探索方向。

该街道相关人士告诉记者，主动对接已落户的各个重大项目，以此推进社区经济发展转型发展，成为了不少社区主动的选择。

在平湖街道新木社区，一个名为“新木盛低碳产业园”的项目，吸引了多方目光。

作为深圳全市首个低碳产业园区，与传统的产业园区相比，新木盛低碳产业园不仅硬件设施完善，生活配套设施齐全，园区还建有公共服务平台，着力为入驻企业打造产品展示中心、品牌宣传中心、技术市场交流中心等服务平台，全面提升企业综合价值。

总面积逾11万平方米的新木盛低碳产业园，是一个集高新研发、生产、休闲、娱乐、购物、医疗、学习、运动生活及具有现代服务理念于一体的创意式绿色高新园区。

“年内重点扶持新木盛低碳产业园做大做强！”平湖街道有关负责人表示，这也正是整合工业园区承接特区内先进制造业转移这一思路的体现。据悉，他们利用平湖距离特区较近的区位优势，通过整合现有工业园区，承接特区内先进制造业、高科技产业以及低碳环保产业的转移，提高单位面积土地的综合效益。

突围：土地整备让基层勃兴

在项目用地土地整备模式的创新上，平湖街道创造了以整村改造为主要方式并让当地居民共享产业发展利益的土地整备模式。

对于平湖街道而言，近年来横亘在头上的，正是如同达摩克利斯之剑的拆迁大考。

“近两年时间里，我们一直是‘白+黑’、‘5+2’式的工作。”平湖街道办副主任周柏平这样告诉记者。

“白+黑”、“5+2”，指的便是工作时间，白天和黑夜、工作日和休息日，有时工作一急就须全部用上。

据介绍，平湖街道把金融产业服务基地落户作为推进产业结构调整升级的重大契机，从推进平湖经济长远发展和可持续发展的高度，强力推进金融基地及13条配套道路的拆迁安置工作，取得了初步成效。

显然，平湖片区的发展，牢牢地与这场拆迁大考联系在了一起。

数据显示，截至6月10日，该街道总计谈妥800多户被拆迁户，签订拆迁补偿协议房屋1845栋（其中永久性建筑957栋，临时性建筑888栋），建筑面积65万平方米（其中永久性建筑59.5万平方米，临时性建筑5.5万平方米），涉及金额20多亿元；已完成基地一期土地整备工作，二、三期土地整备工作全面展开；配套道路安置区建设有序推进。

“金融基地及配套道路共需拆迁房屋3800多栋260万平方米，任务之重、时间之紧在我街道前所未有。”平湖街道办主任钟春平告诉记者，只有把做好拆迁安置工作作为改变平湖命运的重大历史机遇，并站在破解平湖发展瓶颈、提升平湖城市品质、推进平湖发展方式转变的高度来看待拆迁和安置工作，为产业升级、城市发展留出空间，我们才能不负重托，不留遗憾，造福一方。

面对相当艰巨的拆迁任务，一个周密的组织必不可少。记者了解到，平湖为此在全街道范围内抽调精兵强将，组成一个高效有力的拆迁工作系统。街道成立了金融基地拆迁工作领导小组，由街道党工委书记文枫任组长，组建了金融基地拆迁办为拆迁工作的专门机构。

而临时组建的拆迁办，则由街道各机关事业单位抽调精干人员组成，分设有安置组、外业服务组、综合事务组、政策法规组、项目协调组、复核检查组、统计督查组及拆除与资产处理组等，负责提供政策法规指导支持谈判顾问、测绘评估、合同制作等内业工作。

不能不提的是，外业谈判组由街道机关事业单位干部职工组成，拆迁初期分成6大外业谈判组157个工作小组负责拆迁谈判。

随着拆迁工作的推进，根据平湖拆迁安置工作是中长期的工作特点调整优化拆迁队伍，拆迁任务的分配开始以部门为单位，由街道分管领导直接负责、部门负责人具体负责拆迁谈判工作，使拆迁工作从“抓小组长”、“抓科级干部”转变为直接“抓街道分管领导”，拆迁任务明确、责任落实到位。

据拆迁办相关负责人介绍：“街道主要领导每周都到拆迁办坐班，对能解决的问题当场拍板、当场解决，这大大激发了大家工作的积极性。”

也就是在这场拆迁大考中，平湖街道在土地整备上创造出新鲜的经验。据周柏平介绍，在项目用地土地整备模式的创新上，他们创造了以整村改造为主要方式并让当地居民共享产业发展利益的土地整备模式。

记者了解到，为解决金融基地整备与居民就地安置、就地发展问题，街道主要领导数次与社区领导班子协商，多次召开专题会议研究解决方案，最后形成了“政府主导、社区参与、整村改造、就地安置、利益共享、平稳过渡”的工作思路。

在辅城坳社区，他们还大胆地实践了另一种做法。

据悉，他们提出将紧邻金融基地的生态线内的旧村、旧工业厂房整体拆迁，与基地二、三期土地整备统筹考虑予以安置，依托金融基地恢复生态用地功能的想法。这得到了市政府的支持，市规划国土部门也给予了高度评价，并将之作为全市恢复生态用地的典范。

这一系列做法，当给面临土地资源匮乏问题、依靠“三旧”改造寻找空间的同类地区以启示。而对于平湖更具深意的是，土地整备一役，仅仅还是激活基层动力、拉开片区整体发展大幕的开始。

（刊发于2010年7月1日《南方日报》龙岗视窗特03版）

伍 治理之新

1．罗山寻梦

叫作罗山的水库，安安静静地藏在深圳、东莞交界处的群山之间。

与中心区鳞次栉比的店铺和逼仄的工业区相比，罗山水库有着难得的清幽和宁静，一群灰鸭子、一艘驳船、几座荒弃的屋子，都能给人带来故乡郊野般的气息。

眼下，这座默默无名的水库，正吸引着来自北京和深港两地的官员专家、业内人士的目光。

一个被命名为“国内首个山地自行车主题公园”的憧憬，究竟能否梦圆?

前日上午，龙岗区平湖街道举行罗山自行车主题公园规划设计咨询会，受邀的深港专家和业内人士对此颇为支持，平湖的自行车车友更是掩不住兴奋和喜悦。

静静的罗山

相传平湖的伍屋围村地形像一只螃蟹，大围村地形像一只蚌，松柏围村地形像一只虾，螃蟹、蚌、虾均是水生动物，必须有湖泊才能成活，人们遂将此地称之为平湖。

在深莞交界处、平湖街道北面的山厦社区，山林起伏不断，群山之间便是罗山水库。罗山水库距平湖中心区约2公里，距深圳市区约20公里。目前平湖境内有京九、平南铁路和机荷、水官、盐排高速，南坪、东平、玉平快速等多条公路连接，半小时可抵达香港，2小时可到达珠三角大部分城镇。

罗山水库就位于这传说之中的龙岗区平湖街道。水库总面积约15公顷，水深7米左右，为非饮用水源，水质良好。巡查员骑自行车沿水库巡查一周大约需20分钟左右。

筹划中的罗山自行车主题郊野公园工程总占地面积为120万平方米，总投资估算为2.5亿元。工程计划分为两期实施：一期改造55万平方米，工程内容包括拆迁、公园围护、公园入口、自行车主题博物馆、郊野运动设置及符合奥林匹克标准的山地自行车赛道等工程；二期改造65万平方米，工程内容包括山顶景观、登山道、乡村文化主体设置、山林绿化及生态林相改造等。目前，平湖街道办事处正在编制项目建议书，积极争取上级有关部门做好立项前期工作。

按照罗山自行车公园目前的项目建议，罗山水库将建设成以户外山地自行车锻炼为特色，集郊野休闲、文化展示、亲水休憩等多种功能于一体的高品位、高规格的自行车生态休闲公园。在公园内容上，包括山地自行车锻炼、自然休闲、文化展示、亲水休憩等；规划功能结构将规划形成“一轴、一环、两片”的布局；植物规划具体划分为生态休闲区、淡水湿地景观区、特色文化植物观赏区和管理服务区四个类型。

“将营造出一派远离尘嚣的田园风光”，罗山公园项目建议书上如此写道。

卫星城镇的自行车热

一场自行车赛将这个新近兴起的卫星城镇几乎点燃了。

上周日，在平湖生态园，由龙岗区自行车运动协会主办的首届平湖自行车公开赛举行。这个由街道一级具体操办、政府部门和民间组织共同参与的自行车赛事，吸引了珠三角地区和香港的众多自行车协会、俱乐部以及车队。比赛共分为大众体验组、女子山地组、男子山地普通组、男子山地公开组和平湖车友组。

平湖生态园内的自行车赛事。

赛后，举办方表示，将争取每年举办一届平湖自行车公开赛，使此项赛事成为平湖一个亮丽的品牌和深圳以及周边地区的一个被广大车友认可的自行车运动比赛。

热闹的赛事背后，则是这个卫星城镇自行车运动的勃兴。

业余自行车运动似乎渐渐改变着这个最先以工业闻名的卫星城镇里人们的生活习惯和方式。在平湖凌骏自行车俱乐部，会员大多为年轻人，随着自行车运动升温，中年人也参与进来，其中多为白领，部分为中小企业老板。在车友组织下，平湖的自行车爱好者经常开展各类活动，积极参与各地的自行车赛事。

主题公园的梦想

“罗山非常适合作为山地车主题公园，建成之后定会对平湖产生非常好的社会和经济效益。如果硬件到位，符合国际赛事的相关标准要求，

平湖生态园一景。（梁家合 摄）

一定会吸引众多国际国内高水平赛事在此进行，国家专业队也可在此训练。”国家体育总局自行车运动击剑管理中心市场部部长陈健日前来到平湖实地考察并听取规划设计后如是说。

目前龙岗区已建有自行车场地赛和公路赛赛道，但没有山地自行车训练场地和赛道，平湖罗山自行车主题公园如能开工建设，将弥补这一空缺，使龙岗区自行车运动训练、比赛硬件设施更加完备，既可以为珠三角地区和香港的自行车运动爱好者提供良好的训练比赛场地，也能提升龙岗区的城市形象。

龙岗区平湖街道办副主任周柏平认为，罗山自行车主题公园的建设可为推进平湖金融产业服务基地提供良好的配套，为金融基地高素质人才提供一个培训、拓展的场所，也为公众提供了游览、休憩、观赏、教育的开放式场所。

在平湖街道罗山自行车主题公园规划设计咨询会上，来自深港两地的业内专家和企业界人士也对这一项目表示了肯定。深圳市自行车运动协会副秘书长李志强认为，作为全国前沿城市的深圳理应引领环保、时尚、潮流的自行车运动之先，他建议罗山自行车主题公园定位有三：成为普通市民休闲和锻炼地，成为业余自行车爱好者的练习场地，成为可以承办专业高端赛事的赛场。

“立意高远，意识超前”，来自香港的国际自行车旅游网站总监周红梅如是评价。她认为，平湖罗山自行车主题公园的规划符合国际旅游环保性、观赏性、挑战性等发展趋势。

龙岗区是全球自行车生产重要基地，目前有20多个生产厂家，产品远销欧美及世界各地，产量约占全球的80%；建设罗山自行车主题公园，在公园内建设自行车主题博览馆，将自行车知识科普和自行车产品展示相结合，适时举办新品发布会、产品展示会、自行车贸易洽谈会等活动，有助于拉伸自行车产业链，促进自行车产业的持续发展。

“目前，我们正在争取市、区两级政府的支持，争取发改部门的审批立项。”龙岗区平湖街道办主任钟春平说。

（刊发于2009年10月21日《南方日报》D04版）

2．首创社会组织参与关爱行动

“如果说我的家庭是爱心家庭、我是爱心形象大使的话，倒不如说我的家庭是一个幸福的家庭，而我是一个幸福的女人。”在近日举行的龙岗区平湖街道关爱行动暨春节慰问帮扶活动上，来自基层卫生监督系统的代表高玲如此深情的话语，瞬间得到现场热烈的掌声。

这是龙岗区平湖街道关爱行动的现场一幕。

在关爱的旗帜下相聚平湖，成为众多企事业单位、社会团体与社会各界个人不约而同的行为，这是一个基层街道关爱行动的鲜明特征。记者获悉，近年在该街道的引导下，该辖区以各种形式帮助外来建设者、特殊群体、困难群众的活动不断拓展。有观察人士将此称之为基层街道在慈善救助、帮扶关爱领域中的“平湖现象”。

“平湖爱心”：一个家庭的爱心故事

在日前启动的平湖街道第九届关爱行动暨春节慰问帮扶活动中，爱心家庭代表高玲讲述了自己家庭的爱心故事：抗击非典受到表彰，家庭先后收养两个弃婴，三代同堂其乐融融，读大学的女儿也组织广东省大学生支教队走进贫困山区……当说到自己与收养的孩子的感情时，高玲不禁落泪，全场与会者大多被感动而鼓起热烈的掌声。

平湖街道党工委宣传部负责人告诉记者：爱心家庭代表高玲来自基层卫生监督一线，此前在卫生战线上工作已有25个年头，曾先后被评为深圳市人民政府抗击非典三等功、龙岗区人民政府二等奖。尤其值得称道的是，她家是一个三代同堂的大家庭，上有婆婆、妈妈，下有女儿，全家人团结友爱和睦相处，家庭中充满着温馨与祥和。

平湖街道诚信建设志愿者。

据介绍，2005年，已有一个女儿的高玲在单位的走廊里捡到了一个刚出生的弃婴，可4个半月大的时候因脑瘫离开了人世。“以后再也不能收养小孩了，出了这个事心情太压抑了”，这是高玲一家当时心情的写照。可是两年后的2007年，当别人把一个弃婴抱到高玲眼前时，她和丈夫又毫不犹豫地办理了领养手续。高玲说，这是她们之间的缘分，福利院环境虽然不错，但是孩子太多了，很难得到精心的照顾。她有这个条件，多照顾一个孩子也多了一份快乐。

“这些年来，高玲一家给这个小女儿的爱比大女儿还多。大女儿1岁就不喝奶粉了，可是怕小女儿没有母乳喂养，抵抗力低，所以买最好的奶粉，一直喝到现在。”平湖街道有关人士介绍。

上有老、下有小，这是一个典型的中国家庭；工作兢兢业业，家庭和和融融，这是一个典型的平湖女人。平湖街道有关负责人告诉记者，正是以高玲为代表的一批平湖人，开启了近年该街道文明新风尚。

“平湖现象”：社会组织积极参与慈善活动

“将关爱行动制度化、常态化，既是为提升平湖的公共文明、促进社会和谐作贡献，也是为平湖片区的综合竞争力、战略发展贡献自己的软力量。”平湖街道宣传部门负责人认为。

早在十几年前，一支名为“平湖巾帼志愿互助会”的爱心队伍，就开始活跃在平湖辖区的大街小巷。在龙岗区平湖街道，这个以帮助他人、完善自我为宗旨的民间社团组织，15年来，一直坚持奉献爱心、扶贫济困、热心公益、助人为乐……

这是一个洋溢自觉性、生命力的社会组织的发展历程的写照：从最初几位本地农村妇女自发组成的爱心团队，逐步发展成为有公务员、企业管理者、外来打工者等700多名会员的社会组织，从邻里互助开始到关心社区、街道慈善，从情系平湖一方开始到走出深圳撒爱全国十余个省市，为无数困难家庭、孤寡老人、失学儿童排忧解难，得到社会的广泛关注。

如今，从这些朴实善良的本地普通妇女，到社会各界人士的广泛参与下，平湖巾帼志愿互助会已经成为平湖关爱行动中的有生力量，也是平湖街道倡导社会组织参与关爱行动机制的典型代表。

“我这十年做慈善获得的快乐，超过做企业赚到的所有财富！”平湖巾帼志愿互助会会长黄翔曾说，她率领的这个爱心团队现在已有732人，团队的行动将纯朴的爱心凝聚起来，升华为博大的社会关爱。

“与往年不同的是，今年我们从以往的扶贫济困为主向文化关怀、素质提升、创业激励等方面拓展，更加注重调动群众团体和社会组织的力量参与，着力构建党委政府领导、社会各界参与、全民关爱互助的新格局，把关爱行动作为全社会共襄善举的平台，引导各类社会成员更广泛地参与到关爱行动中来。”龙岗区平湖街道党工委、办事处负责人钟春平如是说。

在龙岗全区首创社会组织参与关爱行动，通过发动慈善、义工、巾帼互助会等社会组织开展慈善捐助和志愿服务，正是龙岗区平湖街道此番创新的标本意义所在。与此同时，这也是在广东全省社会组织发展背景下，一个基层街道活力的真实写照。

（刊发于2012年1月18日《南方日报》AⅢ03版）

3．救赎人心的人

佛山女童小悦悦之死，深刻拷问着世道人心，似乎正成为时代之殇。

记者在近日的“走基层”活动中，发掘出深圳龙岗区一线司法社工的故事，一名年轻社工成功挽救一名吸毒16年之久的瘾君子，完成了助其重返社会的漫漫之途。

专业社工，这是深圳自2007年4月开始探索的一项重要工作，并逐渐成为“中国内地社工事业发展的一个标杆”。我们选择这一个案，一方面凸显专业社工的职能属性和现实工作，另一方面正是彰显安置帮教工作之不易、社工群体的专业精神。

“我希望有一天看到你也跟他们一样过上幸福的日子，然后开心地跟我分享”，这是专业社工给安置帮教的服务对象写的第一封信，这封信最终让一直拒绝和排斥社工的对象走向合作；一年多时间后的如今，服务对象成功回归社会……

2008年，社工专业毕业的女孩谭杏，和许多南来北往的大学毕业生一样，求职、南下、找到一份工作，然后是每天不算轻松地上下班。

这个时候的深圳龙岗平湖街道某社区，小阳一直徘徊在毒品边缘，10多年的吸毒经历让他难以自拔，面临着被家庭、周边人群抛弃的境遇。“任他自生自灭”，这是许多人的想法，甚至包括他的家人。

如果不是因为对社工梦想的执着，谭杏的生活也许如此这般地日复一日、年复一年，与小阳的人生难以交集。但班上有同学在深圳做社工的经历，唤醒了谭杏的最初梦想，“有一种很想去尝试的冲动”。

经过考试、选拔等一系列程序，谭杏成为深圳一家社工机构的社工，随后来到深圳福田某街道担任禁毒社工；一年多后，谭杏又成为龙岗区司法局以政府购买服务的方式从深圳市春雨社会工作服务社引入的司法社工之一。

此后便是谭杏与小阳之间的不断沟通，从果断拒绝、反感对立到协作交流，从“我就像个鬼一样”到走上社区工作岗位，从一个“被抛弃”的角色到正在等待孩子出生的准父亲……

小阳之变，是边缘群体重返社会的艰难一幕，也是安置帮教工作与司法社工的复杂一角，但幸好，有来自专业工作者的爱心与奉献。

来信：一位陌生女孩的来信

“我希望有一天看到你也跟他们一样过上幸福的日子，然后开心地跟我分享”；“我可以陪你一起走过这段你认为辛苦的日子，可以给你提供一些心理辅导……”。

尚未到正式上班的日子，谭杏便与自己的同事进行工作交接。小阳是谭杏的7个服务对象之一。虽然同事告诉谭杏服务对象小阳难以沟通的情况，但谭杏尚未充分预料到即将到来的大难题。

从2008年3月开始，龙岗区司法局以政府购买服务的方式，从深圳市春雨社会工作服务社引入16名司法社工，分派到全区11个街道司法所开展安置帮教工作。谭杏作为司法社工派驻到平湖街道司法所。

2010年2月，从上班的第一天开始，谭杏便试图电话联系小阳。“我当时唯一能够做的，就是给他打电话，每天上午10点多打两三次，下午上班后打两三次，傍晚时再打两三次，但他不是关机就是不接。”

这时候谭杏从同事那里得知，小阳给同事发来了一条短信：“我刚刚跟你说了心里话，你们又要换人，你们都是骗人的，讨厌你们，我再也不想见社工了！”

第一个星期过去了，严重的对立情绪充斥在谭杏与小阳之间。“以前接触服务对象时，我们坚持打电话会打动他们，但是这套经验在小阳那里行不通”，谭杏知道小阳的情绪因素后，在第二个星期改变了沟通方式——发短信。

在短信里，谭杏会说明自己的来意，会偶尔发一个笑话让对方开心，会承诺自己的保密原则。她每天都会给对方发两条短信。同时，谭杏运用自己的专业技巧，搜集小阳的生日等信息。

第二个星期，谭杏发过去的短信，依然如同石沉大海。“不过他居然愿意加我的QQ号码，还是让我看到了希望。”

第三周正是农历过年。

连续吃了两周的闭门羹，谭杏开始实施自己的第三步。在春节前夕买来新年贺卡，同时将自己的感想写成一封信寄给对方。于是，她提起笔，亲手写了一封信。

在信中，如同久未逢面的老朋友般，谭杏开门见山地说道：“××，你好，这段时间一直联系不上你，我很担心你。”

“我希望跟你一起商量解决的方法然后去实施，我是一个社工，不能给钱让你还债，但是我可以陪你一起走过这段你认为辛苦的日子，可以给你提供一些心理辅导，简单点说就是你想倾诉，你有话不知道对谁说时，都可以找我。”在QQ上得知小阳因为信用卡取现等问题烦恼，谭杏这样写道。

以前的经历也在谭杏的信中体现：“我没有来这边（平湖）的时候，我帮助过六个曾经吸毒的人，他们现在都过上了幸福的生活，有了自己的家庭。他们有空闲的时候跟我一起去做义工，参加活动。真的，××，你也可以的，给我机会，同时也是给你自己机会。我希望有一天看到你也跟他们一样过上幸福的日子，然后开心地跟我分享。”

为了更加形象地反映其他对象的经历，谭杏在信件中附了几张以前服务对象的活动照片——“这些是我跟他们一起搞活动的照片，很开心的回忆，希望和你也有美好的回忆。”

很快，小阳就收到了这个素未谋面的陌生女孩写的贺卡和信件。

电话：连续13天的子夜电话

因为担心自己睡觉很沉而错过小阳打来的电话，谭杏将自己的手机铃声调到了最大音量。“我担心自己一旦错过一次机会，就会让他感到很失望。”

贺卡和信寄出的第五天，谭杏收到了来自服务对象的信息。

在谭杏的旧手机里，此前一直保留着这条信息。她告诉记者：“大概意思便是他收到了我寄去的贺卡很感动，想不到还有人关心着他。通过互发信息交流，他告诉我‘一定配合我的工作’，同时还给我发了新年祝福。”

虽然已回到广西老家过年，但来自深圳龙岗的短信，让谭杏不禁开心起来——这是这个春节里着实让人兴奋的事情。

由于过年，他们一直未能见面。但谭杏还是和小阳在网上聊了起来。小阳坦言自己“心情不好”，却又不愿意告诉谭杏心情不好的原因。

在这次网上交流中，专业社会工作者运用了自己的方法——自我暴露。

谭杏跟小阳说起了自己母亲被车撞的经历。“他表示听到这个很难过，还主动安慰我”。“我通过正面引导对方要乐观面对一切，他感悟了，告诉我一定会乐观面对一切”。

谭杏家中的事情，让小阳不觉联想起自己的家庭。言及自己年迈的父母，小阳说道：“觉得很对不起他们，没有尽到做儿子的责任……”

“一切都来得及！”谭杏坚定地说道，并鼓励小阳勇敢地作出改变。

不久后的一个中午，一个令人意外的电话打来了。是小阳!

“我又吸毒近半个月了！”小阳在电话中说道，从劳教所出来的一年多时间里，他一直没有复吸。

在电话中，小阳将自己的心事向谭杏倾诉出来。

小阳告诉社工，自己谈了两年的女朋友“居然是一个已婚的人，而且在老家已有孩子，并向小阳提出分手”。

“我觉得一切都是骗人的，对未来失去了希望；还不如死了算了”，小阳在电话中说，因为女友的绝情离开，他放纵自己开始吸毒。

一方面吸毒已近半月，另一方面小阳又“感觉很难受，想戒毒”。

当谭杏提出约见他时，小阳形容自己“就像一个鬼，不敢出门”，这让谭杏如今记忆犹新。

谭杏告诉记者，在那个长达一个多小时的电话中，她尊重服务对象，努力创造一个轻松的环境，运用了尊重、关注、接纳和同理等技巧对他进行了心理慰藉和情感的支持。同时通过聚焦和澄清方法、鼓励其表达感受和情绪，协助小阳聚焦目标，促使其成为服务对象。

小阳在电话中表达了希望自行戒毒的想法。于是，社工抛出了一个命中核心的问题——“你在什么情况下最容易吸毒？”

——“在晚上夜深人静的时候，我特别想念女友，在这种情况下，我最容易吸毒。”

——“在那种情况下做哪些事情，吸毒的冲动会减到最低呢？”

——“这个时候有人陪我聊天，我吸毒的冲动会降到最低。”

于是，在专业社工与服务对象之间，有了一个约定——在想吸毒的时候给社工打电话。谭杏承诺自己的手机保持24小时畅通，并且表示“非常愿意陪伴小阳走过这段日子”。

因为担心自己睡觉很沉而错过小阳打来的电话，谭杏将自己的手机铃声调整到了最大音量。“我担心自己一旦错过一次机会，就会让他感到很失望。”

时隔数小时后的凌晨1时许，谭杏的电话响了。小阳在毒瘾袭来时打来电话求助。

谭杏运用尊重、关注、接纳和同理等技巧，对小阳进行心理慰藉和情感支持，这一晚主要是倾听小阳的心声，并找一些戒毒成功的案例故事念给对方听，小阳听后很受感动。

这样的深夜电话，一直持续了13天。

“这是关键的13天。”谭杏说。

见面：“我以前就像个鬼一样”

谭杏看似与服务对象持续很久的沟通与交流，从专业角度而言，这才是刚刚开始第一步；社工与小阳签订了“接受个案服务同意书”，这意味着他们正式开始安置帮教工作的第一步。

社工持续13个夜晚的心灵慰藉，小阳本有戒除毒瘾的强烈愿望，让他终于从孤独和毒瘾的阴影中走了出来。

第十四天的白天，小阳再次打来电话。这一次，服务对象主动要求跟社工见面交流。他甚至愿意自己到社工所在的司法所办公室来。

按照社工会见服务对象的原则，在一位同事的参与下，谭杏与小阳在司法所的会议室内面谈。许久以来的QQ短信、手机短信与电话，社工与服务对象终于从线上走到了线下。

小阳在会面时说的第一句话，谭杏至今记忆犹新：“你们是不是觉得我脸上很难看？我告诉你，但一个月前更难看，简直就像个鬼一样！”

当时见面的情形是，“我们三个人一起聊着”，但谭杏还是看到“小阳总是对我们笑着，眼睛总是闪着泪光”。

小阳告诉社工，他已经将近一个月没有迈出过家门了，现在自己戒毒稍稍成功，于是敢走出门口了。

对于专业社会工作而言，谭杏看似与服务对象持续很久的沟通与交流，从专业角度而言，这才刚刚开始第一步——接案。

在这次会面中，社工与小阳签订了“接受个案服务同意书”，这意味着他们正式开始安置帮教工作的第一步。“我们还与服务对象约定下次见面时间，此时社会工作者跟小阳建立了一个很好的专业关系”，谭杏介绍说。

但是随后不久，小阳又陷入了一种恐慌之中。

他告诉社工，自己所在的社区对有过吸毒史的人员进行尿检；虽然自己经过两个星期的自行戒毒，毒瘾已经基本得到控制，但小阳还是担心自己的尿检不过关，“又要被送到戒毒所”。

知情后，社会工作者找来相关试纸，对服务对象进行尿检，尿检显示阴性。看到这个满意的结果，小阳高兴地笑了起来。心头的重荷卸了下来，而服务对象对于社工工作的理解更加深入了。

对于社工谭杏而言，小阳有10多年的吸毒经历，戒毒效果究竟能够持续多久，需要不断强化服务对象的意志，甚至是必要的考验。

在后来的社工家访面谈中，谭杏与服务对象探讨来自各方面的诱惑与纵容，对小阳对于毒品及吸毒同伴的自控能力进行评估，结果均比较乐观。

出于社工的专业要求，社工甚至让另一位服务对象试图用毒品诱惑小阳，但小阳果断拒绝。这让工作效果更加直观地显示出来。

根据各方面的观察，社工定期要求小阳进行尿检，结果显示其情况“非常稳定”。如今，小阳已经断绝与以前的吸毒同伴的来往，面对别人提供的毒品已经可以做到断然拒绝。

稳定：“希望在我有生之年里，看到你真的成功”

让服务对象自己联系工作，是为了让他自己去锻炼、自己主动去融入社会；“在安置帮教对象的服务过程中，解决一个对象的问题，实际上就是解决一个网络的问题。”

如果说戒除毒瘾只是安置帮教工作的第一步骤、最基础条件的话，那么重返社会则是最为核心的内容。

对于小阳最为紧要的，就是亲情的慰藉以及由此带来的动力。

小阳年迈的父亲病危，一直在医院里住院，但在住院期间，小阳由于戒毒一直没有去医院探望过；另一方面，由于他长年累月地吸食毒品，父母对他已经绝望。尽管自己已经戒除毒品，可服务对象担心自己的身体、容貌和精神会被父亲认为仍在吸毒，所以一直没敢去探望父亲。

这时候，社工再一次站了出来。谭杏运用专业理论，对小阳不去探望父亲的优势、劣势、机遇和挑战等一一进行分析。与此同时，社工约见了小阳的父母，介绍了小阳的努力和家人支持他成功戒毒的巨大意义。

次日，小阳鼓起勇气，迈出了前去探望父亲的步伐。“敞开心扉，改善与家人的关系，家人的鼓励和肯定，能让他重返社会更加具有信心和动力”，谭杏说道。

在探望父亲的时候，小阳把自己的事情告诉了父亲，并且告诉父亲有社工在帮助自己、自己这一次一定会成功。

没有像以往一样马上否定小阳的努力，父亲说了一句：“希望在我有生之年里，看到你真的成功。”

服务对象告诉社会工作者，他听了父亲的话心里很难过，但是也更加有勇气和动力去戒毒了。“我一定要坚持到底。”亲情已经发挥出不可替代的作用。

融入家庭是重返社会的第一步，融入社会则是更大的难题。在小阳所在的社区，小阳给周围居民们的印象依然是十余年连续吸毒的旧印象，如何面对周围异样的目光、社区怀疑的态度，这一系列难题将持续考验着小阳重返社会时敏感的内心。

找工作，成为重返社会和考验小阳与社工工作效果的重要机会。

社工告诉小阳要考虑自己的工作了，要开始“进行职业生涯的规划”。

“对自己要积极认识，认识到自己的优点，并发扬自己的优点；多参加一些技能培训，找一份自己喜欢的工作，在工作中结交朋友，享受工作带来的快乐”，谭杏的这些劝导，一步步疏导着小阳融入社会的心理压力。

终于有一天，小阳主动打来电话给社工。原来，小阳了解到社区正在招聘某公共场所的管理人员；他想去应聘，但是却没有信心。

积极聆听，肯定服务对象的想法以及行为，运用反应感受技巧，与服务对象探讨解决办法，这是社工与小阳共同面对就业问题时的一系列措施。最后，他们达成了一致的看法——社工帮小阳找到社区负责人的电话，然后小阳自己来联系。倘若应聘失败，小阳再考虑其他的就业途径。

从社工那里获得社区负责人电话号码后，小阳联系上了社区领导。社区领导了解到小阳戒毒成功后很为其高兴，考虑到他这段时间尿检一直阴性的较好表现，初步同意了小阳的请求。

“其实去社区工作，我们也可以帮其沟通协调；为何让他自己去联系社区领导？就是为了让他自己去锻炼、自己主动去融入社会”，谭杏所在的社工机构——深圳市春雨社会工作服务社见习督导侯明如此解释道。

不久后，小阳接到了伸向他的橄榄枝，开始了工作。

参与社会活动，也是小阳融入社会的必要环节。当时平湖街道要举办一个法治论坛活动，社工邀请服务对象参加。

害怕有人好奇询问，让自己再直面以前不堪的历史，这是小阳的最初反应。

在举办法治论坛的当日现场，一位志愿者派发着法治活动的宣传单，吸引了一些熟人的询问，这个志愿者坦然讲述着自己曾经的经历。

没错，那位志愿者就是小阳。

“在安置帮教对象的服务过程中，解决一个对象的问题，实际上就是解决一个网络的问题”，侯明说道。

希望：“要是我的故事可以给别人鼓励那很好”

“激励更多正在戒毒以及想戒毒的朋友，让他们知道毒瘾是可以戒断的，毒瘾是可以被控制的”，“这也是增强他融入社会的信心和勇气，可以更好地维持戒毒成效”。

生活在继续。

在龙岗区平湖街道司法所的谭杏，负责着司法所里日常的安置帮教工作及相关事宜，并且参加着社工机构定期的一些培训活动；在社区一公共场所担任管理员的小阳，则一天天地融入社会之中。小阳有了新的女友。

与女友相处一段时间后，小阳很是珍惜自己的新恋情。在究竟要不要告诉女友自己曾经的吸毒史时，小阳再一次犯难了。他又从专业社工那里得到了帮助——“你不能欺骗她，而是向她坦诚地说明这一切，并且表达自己的信心和努力。”

“我其实也听到周围很多人对你的说法，只要你已经改过来了，没关系”，女友这样的回答，让小阳如释重负。

“能否把你的成功经历写出来？”

2011年上半年，社工把这样的一个问题抛给了小阳。

针对小阳的情况和表现，谭杏建议小阳协助自己，把“如何戒毒的过程以及跟社会工作者一路走过来的这段日子写一篇成功回归社会的案例”，“激励更多正在戒毒以及想戒毒的朋友，让他们知道毒瘾是可以戒断的，毒瘾是可以被控制的”。

谭杏告诉记者这一做法的另一作用：“这也是增强他融入社会的信心和勇气，可以更好地维持戒毒成效。”

小阳这时想起了自己开始戒毒时社工给他读的故事与案例，动情地说：“当初我也受到成功案例和故事的感化，要是我的故事可以给别人鼓励那很好。”家人听说这件事后，对小阳的做法也表示肯定和支持。

在小阳提供心得体会的基础上，社工谭杏将这一服务过程，编写成一篇安置帮教对象成功回归社会的案例。这一次，小阳收获了社工对自己的肯定与感谢，在他内心深处，这种成功也给予了社工的些许成就。

最终，在深圳市社会工作者协会举行的年度评比活动中，谭杏这篇名为《走进你的心田倾听你的声音——安置帮教对象的个案辅导》的案例，获得了2010年度深圳市社会工作优秀案例“银星奖”。

这份专业分析，既是社工与服务对象许久以来的互动沟通的记录，又是两者在漫长服务过程中的小小褒奖。

在龙岗区平湖街道的这个社区里，小阳这段时间正在值守社区一公共场所的夜班。他去年的女友已经成为他的妻子。让小两口最为期待的是，他们有了爱的结晶：新生命即将在这样的金秋十月出生。

（出于可以理解的原因，服务对象小阳为化名。）

（刊发于2011年10月26日《南方日报》AⅢ01、02版）

4．社区平衡“官”

一端连着“鸡毛蒜皮”般的社区纠纷，一端连着整个社会大机器的正常运作，社区专职调解员具备的双重价值在于：除了化解基层大量矛盾纠纷的现实意义外，还对逐渐建立更为稳定的社会生活秩序有深远意义。

一场春雨过后，空气清新。清明过后，平湖街道良安田社区的人民调解室内，聂婉芳开始了新的一天的工作，她的工作就是社区调解——无论人命关天的大事还是鸡毛蒜皮的琐碎事。

继2008年12名本地籍大学生走上社区专职人民调解员的岗位后，经过3个月的培训，12名新的大学生即将走上自己的社区调解路。

在当前的金融危机波及下，大学生就业雪上加霜，俨然成为社会之短板；另一层面，有专家学者预计今年的社会维稳形势不容乐观，如何化解基层矛盾纠纷，成为各级政府的重中之重。

上周四，省司法厅厅长陈伟雄一行调研龙岗，对全区推进“大调解”体系构建工作肯定之外，要求龙岗区认真贯彻落实关于人民调解“三个有机衔接”和“两个紧密结合”的工作，结合龙岗实际情况，尽可能拓展有效、快速化解矛盾纠纷的手段，同时力争在源头上解决问题，减少矛盾和纠纷的产生。

可以说，龙岗平湖近年开展的这项工作创新，正是这一手段之一，同时对大学生就业难和基层矛盾纠纷处理难这一双重命题，给予了回应。我们择取这组题材，旨在让社区专职人民调解员这一默默无言的群体，获得更多的社会关注，并使这一群体在新时代背景下发挥更大的作用。

负荷：一天最多调解了11起纠纷

“一上班就有几起纠纷在等了”，社区调解员刘少敏告诉记者。这位大专学医、本科学物流，最希望自己补些法律知识的女孩，最多的一次，一天调解了11起纠纷。

到现在为止，社区调解员刘少敏已经在社区专职人民调解员岗位上，工作逾两年。谈事甚是稳重严谨，她也明显感觉到自己两年间的成长和转变——“成熟多了，家里人有什么大事情，会来听取我的意见”。

刘少敏是平湖街道鹅公岭社区的一名专职人民调解员，通过平湖街道统一招考培训，走进了社区的岗位。这位大专学医、本科学物流的大学生，毕业后希望自己能够补充些法律知识，恰好遇到了社区专职调解员的招聘考试。自2006年10月从事这项工作以来，一直专职负责辖区内的各种类型纠纷的调解工作。2007年，刘少敏主持或参与调解的纠纷为404宗；2008年，调解宗数更是上升至500多宗。

“所在社区的纠纷以劳资纠纷为主，占所有纠纷的95%以上”，刘少敏说道，工作量大使得工作压力倍增。

用命悬一线来形容该社区一保安的纠纷案例，并不为过，刘少敏回忆起来依然记忆犹新。某天，鹅公岭社区一公司的保安员，因严重违反该用人单位的规章制度，于上班时间睡觉，导致厂方被盗，造成了一定经济损失，厂方因此解雇了他，并扣除其一个多月的工资作为损失补偿。该保安不服气，坚称失窃与自己无关，要求发放全部工资及经济补偿金；于是，该保安与公司管理层发生冲突，情绪激动之下，跑到公司楼顶欲跳楼自杀！

社区接到消息后立刻到场，先控制好场面，治安队员则配合疏散围观的人群，并迅速展开调查工作，掌握事件的始末和员工的诉求。随后刘

平湖凤凰片区鸟瞰。（雷志云 摄）

少敏在调查中发现，公司一方错误地认为其处理方法合理合法，为避免影响日后的管理工作，故坚决不同意让步。针对双方的矛盾，刘少敏和社区相关负责人分别与双方进行调解，一方面动之以情晓之以理，把员工的情绪安抚好，建立员工对调解人员的信任和依赖，教导员工如何合法争取权益；另一方面严正告诉厂方其不合法的地方，并与厂方分析员工自杀后其要承担的法律责任。最后双方达成一致协议，厂方足额支付了该保安的工资。“根据劳动法规定凡是给予一次性罚款处分的，其罚款金额一般不超过本人月标准工资的20%”，刘少敏找出了该案件的适用法律条款。

如同这般的劳资纠纷，在2008年全年中不断地发生。最多的时候，刘少敏一天调解了11宗矛盾纠纷！“一上班，就有几起纠纷在等了，一直做到加班，很晚才做完”，刘淡淡地告诉记者。

当龙岗区司法局副局长潘宝军在基层调研时听到这个事迹时，他着实被这些默默在基层工作的调解员感动了。“虽然工作平凡，但压力也不小，你想想看，一个年轻的小姑娘做了多少事，排查了多少隐患，而这些小事不处理好，一旦变大，将要动用多少行政资源！”

平湖街道司法所工作人员介绍，2007年，全街道调解矛盾纠纷宗数约3000宗，2008年调解宗数约为3500宗；近年《劳动合同法》的实施以及金融危机对多数企业的影响，使得劳资纠纷成为该街道人民调解工作的重心，而社区专职调解员们，在近年工作中发挥了重要的作用。

心得：“要保证调解双方的利益最大化”

“要保证调解双方的利益最大化，牺牲某一方来满足另一方是不可能调解成功的。”

4月3日，平湖街道司法所会议室，该街道12名社区专职调解员坐在一块，与记者一一聊了开来。

“做调解就像做功德一样”，良安田社区调解员聂婉芳道出的这一心得体会，立即得到了3位调解员的认可。

同样是80后的大学生聂婉芳，大学念的是对外贸易专业，如今正在进修法律本科专业。她还清晰地记得自己到社区工作的日期：2007年1月24日。

当问及调解工作的心得体会时，聂婉芳认为调解工作需要“融会贯通”，既要有法律知识，还要有心理学知识，要“洞察别人的心机，善于察言观色”。

“要保证调解双方的利益最大化，牺牲某一方来满足另一方是不可能调解成功的”，聂婉芳说道。

工作两年多时间，聂婉芳笑称自己“只能说是刚刚入门，还在积累经验，不断学习知识和技能”。聂婉芳介绍说，自己所在的社区工厂相对较少，平常的宣传教育、普法工作比较多，因此经常去人员集中的厂区发放宣传资料。

每天早上，本地户籍的聂婉芳，或坐公交车，或驾着私家车上班，她形容社区调解工作为“就像做功德一样”。但静下来也认为“这份工作也很程序化，千篇一律”。

“每个人的工作都是千篇一律的，而每天接触的事务则是千变万化的，这或许就是平凡中的不平常吧”，在调解室里，聂婉芳这样对记者说道。

广告专业毕业的上木古社区调解员李日辉，工作实践得出的结论则是“不能打破调解双方的平衡”。

“有时候知道纠纷处理的结果应该要怎样，但往往事情处理的结果还是有些差别，这与双方的强弱势有关。这个时候不能打破这种平衡，在众多纠纷矛盾调解过程中，强者和弱者很多时候都会转换。”李日辉这样说道。

“如果社会是一个正在运转的大机器的话，我们社区专职调解员则是‘扫一扫尘’，让机器润滑一下，避免尘埃引发问题”，对于自己的工作，这个26岁的年轻人形容为“过滤网”——“把小事过滤掉，大约10个有七八个被过滤处理了，那些大的就过滤不了了”。

刘少敏告诉记者，自己工作的动力来源之一，就是调解双方的认可。“能够帮到别人我很开心，但我不需要他们的感激，因为这也是我的自我表现、自我价值的体现”。

她明显感觉到自己的转变：“整个人处事沉稳，以前没经验和丰富的法律知识，很多时候被当事人牵着鼻子走；现在凭一个动作一句话，我可以预判，更善于控制调解的过程，不至于太被动。”

从事社区专职调解员的工作，也对这群毕业没几年的青年人的生活有所影响。刘少敏坦言，自己的情绪难免会受到一些大的纠纷矛盾的影响，这个时候就得自我调节，这群青年人也会相互倾诉，或者唱唱歌、聚聚餐什么的；对自己生活的积极影响，则是“平时跟朋友、家人的相处融洽，更善于解决相互间的矛盾”，如今刘少敏得到了家人更多的信任，许多时候家人会咨询她。

正是这些源自基层的心得，让龙岗全区的纠纷矛盾得到很大程度的解决。龙岗区司法局统计显示，2008年全区通过人民调解解决的矛盾纠纷数量连续增长，达到了23832宗，人民调解协议无一宗被法院撤销。

未来：做法主要取决于基层“一把手”们的态度

平湖的做法未尝不能在全区推广，但这主要取决于基层“一把手”们的态度。

2009年1月15日，一则平湖街道招考社区调解员总成绩公布出来。

经过笔试、面试、体检等程序，12名本地户籍的大学生在随后被新增聘为社区调解员，将被分配到各社区从事专职调解工作。平湖街道司法所工作人员告诉记者，继前一批的社区调解员后，这一批调解员正在相关部门进行现场学习，不久后将走向一线的社区。

“这是街道党工委领导们重视的结果”，平湖司法所有关人士坦言。区司法局一人士表示，平湖的做法未尝不能在全区推广，但这主要取决于各街道“一把手”们的态度。

平湖街道相关负责人告诉记者，目前该街道专兼职社区调解员达200多名，社区调解力量进一步壮大；他们充分发挥基层人民调解组织在化解民间纠纷，尤其是劳动纠纷中的作用，建立起街道、劳动站、社区、企业四级调解的“大调解”格局，把人民调解员作为化解和处理基层社会不安定因素的第一道防线和重要力量，力求把问题化解在基层，解决在萌芽阶段。

记者了解到，龙岗区各街道和部门都能够结合实际积极推进调解组织网络建设，横岗、龙城、坪地等街道在条件成熟的物业小区成立了人民调解委员会，大鹏街道在32个物业小区选聘了兼职调解员。

龙岗街道南约社区调委会，充分发挥企业调解网络力量抓好辖区110多家企业矛盾纠纷排查，及时消除矛盾纠纷隐患。2008年1月至10月，社区共发生劳资纠纷149宗，仅占全街道3835宗劳资纠纷总数的3.89%，其中重大劳资纠纷案件3宗，仅占全街道125宗重大劳资纠纷总数的2.4%。

新的同事就要到来，对已经工作两年多的“老调解员”而言，自己的工作或许要有新的不同。

如今的聂婉芳，在工作闲暇之余，则是补充专业知识，准备2009年的全国司法考试。“总不可能永远这样做下去，总得要有所升华啊”。广告专业毕业的上木古社区调解员李日辉，则表示出自己的烦恼：“调解这门事，进得去，出来可就难了。”

而另一位调解员刘少敏，则表示对于未来的打算并不会太多去考虑，重要的是做好目前的每一份工。

【记者观察】

“调解”的龙岗式解读：从“六约模式”到平湖实践

“2009年，各种因素将影响中国社会稳定，减少群体事件，难度较大”，中国社科院社会问题研究中心主任、教授于建嵘在2008年年终之际这样指明。2009年，作为关外大区的深圳龙岗，如何妥善处理和及时化解各类矛盾纠纷，成为决策者们的必修课。

观察龙岗，从发端于早些年的“六约模式”，到去岁在“大综管”框架下设置的“大调解”体系，龙岗区基层调解组织工作，呈现出连贯式的创新之外，更加彰显出对民生民意的执政情怀。

在保经济增长、促居民就业、保社会稳定等重重任务下，如何运用行之有效的措施化解基层矛盾和纠纷，有其现实意义。

“六约模式”不断延展

“平湖的实践，实际上也是‘六约模式’思路的延展”，龙岗区司法局有关负责人如此表示。

据了解，早在1991年，横岗镇六约村（今横岗街道六约社区）针对本村外来务工人员激增、劳资纠纷突出等问题，决定由村集体出资聘请专职人民调解员，专职调解员得到了社区广大居民、外来务工人员、企业经营者的认同，成为了各方化解矛盾纠纷、维护自身权益的第一选择，因此被称为人民调解工作的“六约模式”。

2004年后开始，“六约模式”相继得到全省、国家司法部的肯定和表彰。2005年9月，龙岗区委、区政府决定在全区推广人民调解工作“六约模式”，至2008年，全区147个社区共有专职人民调解员超过200名。专职调解员在2008年全年共调解民间纠纷17874宗，占全区通过人民调解方式调解民间纠纷总数的75%。

正如清华大学社会学系教授孙立平在《守卫底线》一书中所言，如果保证强弱双方平等互动的规则不断弱化，那会演变为一种社会生活西西里化的现象。综观平湖、横岗的实践，切实发挥着基层调解员的公信力和作用。

刘少敏、聂婉芳、李日辉们的基层工作，一端连着作为“鸡毛蒜皮”的社区纠纷，一端连着整个维系社会各方面的稳定和平安；社区调解员的出现，除却对于矛盾隐患凸显得到“第一轮”解决的现实意义外，同时还具逐渐建立更为稳定的社会生活秩序的深远意义。因此从这个意义上而言，基层调解员应得到更多的重视，他们长期的年复一年的默默工作，也当为社会所关注和认可。

“社区专职人民调解员队伍的工作，使基层人民调解切实发挥了维护社会稳定的‘第一道防线’作用”，龙岗区司法局负责人对记者介绍道。据统计，在今年第一季度，社区专职人民调解员队伍共调解民间纠纷3772宗。

“调解”两字衡量执政者情怀

“预防民间纠纷的发生，将纠纷化解在基层；及时调处民间纠纷，防止民间纠纷激化”，这是人民调解员职责的首要两条内容。人民调解组织在基层工作的好坏，一方面固然取决于司法部门的管理和指导，另一方面，在今年“保增长、保民生、保稳定”的背景下，“调解”二字也应该成为衡量执政者情怀的试金石。积极主动化解社会矛盾，让大家踏踏实实、平平安安地过上好日子，才能确保社会大局和谐稳定，而这一切，都有赖于执政者的智慧和情怀。

取信于民，重视民声，是执政者应有的追求。回顾龙岗区近年的诸项实践，无论从去年开启的“大调解”体系建设，还是去年进行的全区三级“大接访”，甚至溯源至前年的“大综管”实践，这无一不指向同一个宗旨——“人和”。

龙岗区司法局有关负责人认为：“从‘大综管’到‘大调解’，再到‘大接访’，可以看出龙岗近年来对于维护和谐稳定环境、化解基层矛盾的一脉相承的思路。”“调解”二字，正是缔造“人和”的重要内容之一，也是龙岗对于基层社情民意的另一种现实观照。

据了解，根据当前经济社会发展形势，今年龙岗区的人民调解工作，将由被动的事后介入向主动地提前介入转变，由“小调解”向“大调解”

转变，由行政劝导式向科学式调解转变，由就事论事、一事一议的浅层次调解向寻求规律、把握共性的深层次调解转变。

“和则解，不和则疏”，这一古训既是调解双方的生动写照，同时也是政府与群众之间的恰当注解。由此不难看出，“调解”二字，实际真正考量的正是民声和民生，正是政府决策者们对民生问题的重视程度。

（刊发于2009年4月8日《南方日报》D01、02版）

5．平湖巾帼志愿互助会15年

社会组织在广东迎来发展的春天。

省委、省政府日前印发《关于进一步培育发展和规范管理社会组织的方案》，明确7月起，除法律法规规定需要前置审批的以外，将社会组织的业务主管单位改为业务指导单位，社会组织直接向民政部门申请成立。

良好的顶层设计之下，社会组织的真实状况究竟是怎么样的？在社会组织蓬勃发展的同时，社会组织的先行者对于当下与未来又有何期待？

获得国家、省、市多项奖项与荣誉的深圳龙岗平湖巾帼志愿互助会，在过去15年的成长、壮大历程，有着两个层面的意义：其一，它的历程见证了深圳龙岗不同时期不同社会形态对于公益社会组织的不同认识，并且对其的认识逐步清晰；其二，它的发展与所对应的政府有关部门，在过去15年间双方的互动，对于当前正蓬勃发展的社会组织及其业务指导单位极具参考和借鉴价值。

萌芽期：居民形态是重要的社会土壤

平湖当时的社会与居民社会形态，成为平湖巾帼志愿互助会的破土萌芽的社会土壤。土生土长的民间性、草根性，为互助会后来的发展带来了旺盛的生命力。

作为深圳全市群众自发组织的先行者，平湖巾帼志愿互助会在成立之初，叫作“平湖巾帼志愿互助队”。

“1997年前后，对于深圳龙岗区而言，当时的关外地区尚属农村，正处于很微妙、很关键的农村城市化过渡时期”，深圳市龙岗区平湖街道党工委委员张棣，从2007年开始负责平湖街道妇联工作，对于平湖巾帼志愿互助会的历史了如指掌。

张棣告诉记者，平湖当时的社会与居民社会形态，成为平湖巾帼志愿互助会破土萌芽的社会土壤。

据介绍，改革开放以后，平湖镇管辖的各村的工业经济逐步发展，到了20世纪90年代中后期，工业厂区等给村里带来的巨大改变，便是居民不再需要像许多年前一样耕地干农活，而是“洗脚上田”变为“坐地收租”的群体——居民家庭的生活靠房屋出租的收入已经足够，甚至绰绰有余。

1997年，当时平湖镇新南村的几位农村妇女，看到部分妇女在生活富裕起来之后赋闲在家，空虚度日，觉得对自己、对家庭、对社会都相当不利。她们心里有了朴实的想法：自己富了，应该帮助大家一起富裕，在村上村下、周围做些好事，生活会更有意义。

于是，这几名妇女联合行动起来，服务乡邻，帮扶孤困，这便成为平湖巾帼志愿互助会的雏形。

在张棣看来，平湖山厦本地居民、时任平湖镇妇联主席的叶映霞，在互助队的起步阶段作用非凡。

“霞姐当时很是敏锐，对新南村的这一新生事物和新现象，意识到这是农村精神文明建设的新事物、新形式，将其作为创新特区农村妇女工作进行培育起来”，张棣告诉记者，当地妇女和巾帼志愿互助会的众多会员，都亲切地称呼叶映霞为“霞姐”，如今新生代的互助会会员们，称她为“霞姨”。

于是，当时的平湖镇妇联及时提出了要把广大妇女组织起来，及时加以正确引导，成立平湖巾帼志愿互助队。这一消息，马上得到了100多名妇女的响应。

此后不久的1997年11月，深圳市第一个群众自发组织——巾帼志愿互助队在平湖诞生。诞生之后，这支队伍迅速投入到当时农村的文明建设之中。

来源于群众，又服务群众，这成为平湖巾帼志愿互助会在诞生时期的鲜明特点。平湖巾帼志愿互助会的诞生，本身便源于基层群众的首创精神，其土生土长的民间性、草根性为其后来的发展带来了旺盛的生命力。

半边天：妇女组成公益类社会组织

这个以扶贫济困、传播爱心为主要内容的群众性自发组织，如今有近800名会员。其群体效应逐步走出平湖本地，为外界关注。

平湖巾帼志愿互助会，顾名思义，自然多为被喻为“半边天”的女性同胞。几位农村妇女的帮扶行为成为这个组织的雏形，成立、壮大后的互助会，其成员再也不是单一的某个群体。在他们当中，包括干部、医生、教师、学生、私营企业主、外来打工青年、香港商人，当然也有许多为平湖本地的家庭妇女。

既有年过花甲的老阿婆，也有不足20岁的小姑娘。这个由清一色的妇女组成的公益类社会组织，成为一支越来越活跃、越来越有影响力的队伍，其群体效应逐步走出平湖本地，为外界关注。

家住平湖辅城坳的谢礼和家境窘迫，夫妻二人不懂技术又无钱雇劳力，经营的果场15年来分文无收。1997年底，平湖巾帼志愿互助队的队员义务到他家果场劳动，又邀请深圳市农科技术人员进场指导，使谢家很快过上了劳动致富的好日子，谢礼和逢人便说“多亏了互助队，我家才有了希望”。

土生土长的廖玉齐是互助会的发起人之一，家庭并不富裕，但她自1997年就开始资助湖南永顺县4个因家贫面临失学的土家族学生，在长达四五年的时间里，她共寄去学费、生活费7万多元。如今，4个孩子都考上大学并且毕业，成为了山区教师。2000年，她又捐助广东梅县少女巫珍每学期1000元，直到大学毕业。

记者了解到，15年来，互助会一直坚持奉献爱心、扶贫济困、热心公益、助人为乐，从邻里互助到关心社区，从情系桑梓到走出深圳，善举惠及全国十几个省市，为无数困难家庭、孤寡老人、失学儿童排忧解难，得到群众的高度赞誉和社会的广泛关注，荣获全国、省、市、区等各种荣誉称号。

资料显示，这个以扶贫济困、传播爱心为主要内容的群众性自发组织，如今有近800名会员。互助会的成员由成立之初清一色的妇女同志，到如今逐步向多元化成员发展。不少机关单位、医院、学校、企业老板中的男性也乐意参与，加入其中。据悉，在平湖经商的赖红昌自2010年入会后，他便捐款36万元给龙川贫困村修路……3年来，他累计捐款50多万元。他还坚持每月捐献3000元作为互助会的活动资金，促进了互助会的良性运转。

难与易：如何进入制度化良性轨道

运行数年后的平湖巾帼志愿互助会，开始进入制度化的良性轨道。“现在对于互助会的管理部门是多头的，某些部门对于我们这类社会组织像对待企业一样地要求，而另一些行政部门又把我们当作行政单位来指挥和要求”。

2005年1月的正式注册，被认为是平湖巾帼志愿互助会15年历程中的重要节点。

虽然前后所进行的各类志愿活动并无多大区别，且由于互助会与平湖街道妇联的紧密联系、注册之前在开展社会活动时也受阻不多，但是对于互助会作为一个独立的公益类社会组织而言，算是独立运行的一个开端。

运行数年后的平湖巾帼志愿互助会，开始进入制度化的良性轨道。据悉，目前这个公益类社会组织已经有一个相对完备的组织系统。

这包括：一是有宗旨、口号、章程、计划；二是有队歌、队旗、队徽、队员；三是有“七大二程”为载体；四是自筹有资金；五是有斥资40多万元修建的妇女学校、面积达100多亩的山坡地、占地25000平方米有400多个铺位的“巾帼文明创业街”等学习和实践基地；六是有宣传阵地，2001年创办了《平湖互助会简报》；七是有制度，建立健全了一系列的规章制度和活动细则，建立会费、捐款专户管理、专人负责制度，自觉接受监督，实行公开、透明运作等。

“平湖巾帼志愿互助会的爱心接力不受时空条件制约”，平湖巾帼志愿互助会有关人士告诉记者。据悉，扶贫帮困，行善无数，让互助会在大江南北传为佳话。其主要活动包括：一是扶贫济困。互助会建立了全街道特困户23户的情况登记册，随时为他们上门服务，经常慰问帮助孤寡老人、孤儿。二是科技下乡。邀请深圳市农科技术人员为本地3户种养家庭进行技术指导，从根本上扶持一些困难户自立创业，走上富裕之路。三是热心助学。互助会队员们先后捐资300余万元，成立了巾帼助学基金，资助本地及粤东、粤北、湘西、贵州等许多地区的困难学生420多人。四是鼓励创业。鼓励扶持队员廖齐欢办起养鸡、养鸽场，年收入几十万元；牵头协助兴建了有几百个铺位的“巾帼文明创业街”，安排1400多名妇女就业。

正式登记注册之后，作为社会组织的平湖巾帼志愿互助会也遭遇到一些困惑。由于互助会的主要骨干人员全部为兼职，没有稳定的办公场所，缺乏专职人员，这些硬性规定让互助会在民间组织的星级评定上很是尴尬。

“我们只是通过一群人追求文明，依靠一种理念和精神坚持这么多年，但一些形式上的条条框框，让我们很是难受，”互助会一位人士告诉记者，“现在对于互助会的管理部门是多头的，某些部门对于我们这类社会组织像对待企业一样地要求，而另一些行政部门又把我们当作行政单位来指挥和要求。”

“荣誉多了，许多东西聚焦在这个组织上，许许多多的单位和部门都想与我们产生关联；但我们本身有着自己的特点，我们也有着自己的运行规律，有时候真的无法达到他们的某些要求”，该人士对记者表示。

惑与困：新发展时期如何继续前进

“政府有关部门在社会组织的管理上一定要准，否则社会组织的注册登记，反倒成为束在社会组织身上的一道紧箍咒。社会组织正是具备本身的自主性，才在社会建设方面有灵活的创造力；如果管理不善，很容易让这种宝贵的灵活性和创造力丧失掉。”

在新的发展时期如何继续前进，对于自己在未来的发展问题，平湖巾帼志愿互助会不无思考。

2012年5月下旬召开的平湖巾帼志愿互助会第二次会员代表大会上，“充分发挥这一社会组织在构建和谐社会与推动文明进步中的引领作用”，被确立为互助会的未来发展方向。

据透露，如何让平湖巾帼志愿互助会走得更远、更好，使其保持持久旺盛的生命力和吸引力，更好地发挥其在社会建设中的先锋模范作用，这本身就成为了第二次会员代表大会的重要议题之一。

对于平湖巾帼志愿互助会的发展，缺乏固定的资金来源和没有固定场所、专职工作人员，是近年来遇到的主要难题。“此前一直靠社会捐赠，靠政府某些项目的部分经费支持”，互助会有关人士介绍说。

“努力在社会所需、互助会所能的结合点上寻找新的突破口，拓宽服务领域及创新服务项目，推出有较大社会影响的长远性项目，扩大互助会的社会影响力”，对于互助会的未来发展，张棣如此介绍说。

她表示，街道妇联将继续发挥枢纽作用，组织互助会在建设和谐社区、家庭、邻里关系等方面着手，以社会、社区需要为原则，开展有针对性的志愿服务，比如邻里帮扶、文化宣传、空巢老人服务、环境整治等。

新生代力量也逐步进入巾帼志愿互助会的日常运行团队。

“未来要加强自身造血”，深圳市人大代表、平湖巾帼志愿互助会会长黄翔如此认为。据悉，前不久的会员代表大会，选出了一些来自社区工作站、具备一定影响力的秘书长，目前正在逐步培养这批骨干人员。

对于平湖巾帼志愿互助会的启示与意义，深圳市龙岗区社工委有关人士认为，“妇联组织大力支持、核心成员不懈努力、制度建设不断完善、持续奉献专业服务”是其最重要的特点。

“目前深圳仍有一大批赋闲在家的家庭主妇，仍有一大批热心公益但力量有限的妇女个体，这是一个潜力巨大、有待组织引导的群体，”龙岗区社工委有关人士对此认为，“平湖巾帼志愿互助会的生动实践表明，社会组织完全可成为社会建设的重要力量。”

“我希望，政府有关部门在社会组织的管理上一定要准，否则社会组织的注册登记，反倒成为束在社会组织身上的一道紧箍咒。社会组织正是具备本身的自主性，才在社会建设方面有灵活的创造力；如果管理不善，很容易让这种宝贵的灵活性和创造力丧失掉。”张棣如此建议。

【记者观察】

培育社会组织亟须新理念

由于曾处关外工业大区，地理、发展阶段等特殊因素影响下的深圳龙岗区，天然地与深圳市区（原特区内）在社会形态上有着巨大差异。即便是近年来深圳市的社会组织服务管理创新工作一度走在全省前列，但这并不意味着社会基础相对薄弱的龙岗区亦取得同样的进步和发展。

客观而言，相对滞后的社会自我培养和社会自治，这一与深圳市区迥异的特殊性，必然给深圳龙岗区的社会建设领域的工作带来极大的考验。

鼓励各类社会力量参与社会管理事务，逐步改变传统的政府单向的一元管理模式，这不仅仅是当前龙岗区相关职能部门的必修课，还是包括各类社会群体和社会组织在内的整个社会的必修课。

在龙岗区当前的社会语境下，如何引导社会力量有序参与公共事务，如何在当前社会建设中激发各类社会组织的积极力量，最终实现政府社会的共建共享局面，无论是顶层设计与现实举措均颇费思量。

作为拥有15年发展历史的平湖巾帼志愿互助会，它由群众自发性组织到转正为登记在册的社会组织，其发展历程本身便折射出龙岗区过去15年间的社会形态、社会组织的蹒跚起步和相应的政府职能部门对其的管理状况。

通过记者对龙岗区辖区内多个社会组织的采访了解，对社会组织的服务管理工作，龙岗区相关职能部门的工作理念与现实操作依然有补课的空间。比如，民政部门对于民间组织的星级评定的过度标准量化倾向，消防部门对于社会组织准入门槛的严苛标准。

当然，一些前置条件的设置本身有其合理性，可设身处地与政府部门与社会组织共商对策，寻求共性才是更合适的方向。否则，对于处于起步阶段的龙岗社会组织而言，要么半死不活地在夹缝中艰难生存，要么依然在不登记的外围空间里“野蛮生长”。

一位受访人士向记者谈到“应该如同承认大千世界的丰富多彩一样，合理保护社会组织的自主性与活力”，在社会日趋多元化的局面下，要培育社会组织，要让龙岗的社会组织迎来发展春天，必然需要更为开放的政府治理理念、更多层次多元的政府治理新思路。否则，培育社会组织只是一句空话。

（刊发于2012年7月11日《南方日报》AⅢ02版）

6. 基层执法一线报告

2007年3月1日这天，对于深圳所有街道而言，都是不平凡的一天。位于深圳特区外的龙岗区平湖街道，亦不例外。

从这天开始，平湖与其他街道一样，一项新的改革拉开序幕——街道综合执法在全街道正式铺开；在肩负21项执法任务、充当城市管理主力军的同时，这支基层执法队伍也开始了自己的思考和探索。

当然有过困难和艰辛，当然也遭遇过不解和质疑，但这一路上他们未曾止步。巧妙运用“温馨提示”，全面启动“综合执法进社区”工作，“定时定点”、“就地管理”流动摊贩的试点。在龙岗区相关部门和平湖街道党工委、街道办的重视下，平湖街道执法部门开展的系列创新实践证明了它的有效性。

上周五，龙岗区召开全区综合执法联席会议暨城市管理工作会议，会上提出“全面推进文明执法、人性化执法破解综合执法难题”的要求，让听者眼前一亮。这为平湖街道的执法人增添了力量，这支队伍整整两年的努力，也正是这一命题的生动写照。

“城市管理行政执法人员是在维护公共秩序，为广大社会公众的利益服务，而不是站在公众的对立面；在营造良好城市生活空间方面，他们的作用不可或缺”，在近年全国城管“是非成堆”的情况下，中央民族大学法学院教授熊文钊向媒体坦陈自己的观察。

龙岗区委党校有专家认为，平湖此举是综合利用全区“大综管”平台和思路的一种良好实践，体现了“执政智慧和决策勇气”，也能给予城市管理者某些思考和启示。

“综合执法进社区”：让执法者和居民贴得更近

3月下旬开始，一场席卷平湖全街道的专项整治行动拉开序幕，这场行动直指“私宰肉”，时间为期一个月。

短短几天内，来自平湖街道执法队的数据显示：该队从3月20日晚开始行动，截至3月30日，共查扣私宰生猪肉4050斤。3月20日前，平均每天送往平湖的生猪为140头左右。3月20日以来，屠宰检疫生猪逐渐增加，运往平湖的生猪从3月20日的384头增加到3月27日的806头，是打击行动前的5倍！这些数据的变化是非常明显的，在开展了专项整治行动后，进入市场的正规屠宰生猪肉多了，从而有效保障了猪肉的食品安全和防止了私宰肉流入市场。

这是平湖街道执法队参与突击行动的一幕。而在更多的日常工作中，一线的执法队员则深入社区，在大街小巷中穿梭而行，巡查、走访、处理投诉、解释事宜，他们在自觉不自觉间，与居民贴得更紧更近。

心得：“只有贴近民身，才能贴近民心”

2008年12月29日上午，这天的华南城，平湖街道举行综合执法进社区华南城工作室的落成揭牌仪式。而在平湖全街道，这种工作室逐步建立，已达10个之多。

据介绍，起始于2008年的“综合执法进社区”工作，成为街道执法队全年工作的重点之一。实践后发现：各种辅助力量组合更加优化了，社区工作站学法、用法的意识和积极性增强了，社区工作站工作人员的素质渐渐提高了，难以发现的社会顽疾更易被发现并可及时处理了，社区居民更加满意了……

平湖街道执法队的三中队，在辖区最先开始了“综合执法进社区”的试点探索。“我们不敢说取得了什么成就，不敢说有什么功劳，只希望能为群众切实解决一些问题，能为城市管理后来者有些启示”，对于这种新工作方式，三中队有关负责人如是说。

“当初，社区工作站对我们执法队下社区很是欢迎和支持，仅半个月时间，4个社区工作站都落实了‘工作室’的办公场地、各类办公设施、办公用品陆续落实到位”，试点的工作人员介绍。

在“综合执法进社区”开展以来，平湖街道执法队陆续摸索和建立了一系列制度与措施：设立政务公开栏，执法人员、相关协管员姓名及电话全部公开，接受群众监督；建立联席会议制度，工作站组长组织联系房管、安监、计生等相关单位召开碰头会，共同协作；建立责任倒查制度，实行工作站组长负责制，进行量化考核；依托社区工作站，实现处罚与后续管理的无缝对接制度；依托社区工作站继续加强建立、完善执法保障体系；此外，还包括建立值班制度、开展社区工作站评比工作等。

“只有贴近民身，才能贴近民心”，平湖街道执法队队长于泳波一语中的。

实效：实现管理重心下移

3月25日下午，平湖街道上木古社区综合执法社区工作室里，协管员曹滨涌和另外一位组员正在收集资料。临近17时半，他们俩刚从巡查区域回到工作室。

曹滨涌向记者描述自己的一天是这样的：通常情况下，上班后先在街道执法队总部签名报到，而后由组长带队来到社区，带着相关投诉意见去社区各个角落进行核实、走访，发现问题填写相关意见书，及时与执法队总部、投诉者以及社区群众联系沟通，临近中午回到队里。下午再从队里出发到社区，一天中的第二轮巡防走访又开始了，下班时则再回到队里签到。

他们的日常巡查，正是平湖执法部门“双巡查”的实践之一。据介绍，“双巡查”指中队对辖区的“路线图”的巡查，监督科对执法情况的巡查；设立主要的巡查路线，制定执法巡查编排表，各中队在巡查时必须做好巡查记录。

据悉，“综合执法进社区”的构建思路，就是为了进一步提高行政执行力，执法队在各社区设立工作室、便民服务窗口、宣传栏，与社区信访、房管、安监、劳动、城管及社区警务室等部门形成紧密联系，依靠这些部门的信息采集渠道查处违法行为，依靠这些部门的宣传渠道，宣传法律、法规，同时，执法队也能够间接指导相关部门识别、辨认违法行为，更好地开展专项整治、联合执法工作。“执法队进驻社区工作站从侧面也提高了社区工作站的威信，使社区工作站在发现违法行为后能够依托有主体资格的执法队伍，教育和处罚违法相对人”，一位执法中队队长如此介绍道。

在平时，上木古社区工作室的组长才英燕带着组员，经常会与社区负责安全、城管等方面的负责人座谈，通报情况以促进解决。在这样的场合下，队员们听到了社区对自己工作的反馈意见：“工作认真”，“社区居民反映好”。

据悉，“下沉”到社区工作站的各执法中队，与社区各部门联通，实现各种辅助力量的最优化组合利用，把问题和矛盾化解在萌芽状态中；采取日常巡查、机动巡查、联动巡查、应急巡查等措施，强力整治乱摆卖、乱张贴、违法户外广告。

疏堵结合搞试点：严格执法同时彰显政策关怀

“一味地进行‘堵’，并不是好办法；要从源头上根治各种城市管理问题，必须疏堵结合”，有过法院系统工作经历的平湖街道执法队队长于泳波提出了另一种建设性思路：在城市管理的具体工作中，加强打击各类违法违规行为的同时，需要重视研究如何“疏”的手段。

3月26日，平湖街道顺昌街。由于天气转凉行人并不太多，长约三四百米的小街道两旁，立着的是整齐划一的小摊档，摆放的物品琳琅满目，街道入口竖有交通绕行的温馨提示，街道内治安员来回巡查，一片秩序井然的景象。

试点：社区书记详说国外经验

“这个问题解决得很是实在，很有针对性”，对于凤凰社区党支部书记刘平辉而言，街道执法队的这项试点工作有着许许多多的感触。

社区书记刘平辉在国外学习取经时发现，在比利时见到的“灯光夜市”的做法，让他开始呼吁，能否借鉴国外经验疏导城市乱摆卖。“市场自然培育了五六年时间，在顺昌街聚集了四五十档小摊贩，也有不少人在此消费，因而渐渐成了气候；未实行街道综合执法以前，城管部门对那些小摊贩很难有奏效的办法，处于被动管理、抵触管理的局面，当时主要存在的问题就在于三方面：一是无牌无照经营，二是影响周边交通，三是影响市容市貌。”刘平辉介绍说。

另一方面，实施街道综合执法后，顺昌街的乱摆卖现象，屡屡成为城市管理的难点和重点。这对于执法队队长于泳波而言，也是“非常头痛的事”。

“打而不绝”后，队长于泳波决定自己先去顺昌街实地观察，会一会小摊贩们。这天傍晚，他隔着老远便把车停了下来，由于时常地“猫捉老鼠”，于泳波所乘坐的车为许多小摊贩所熟悉。身着便装的他来到街上，趁小摊贩闲暇的时候聊起天来，其中一个摊贩的话让于队长至今依然记得——“如果给我划一个区，只要3平方米，我也愿意，只要让我摆，我保证做好各方面的事，绝对不搞得乱糟糟的”。

“这样的前提下，我们为了保险起见，对顺昌街周围的居民和商铺开展了一次广泛的问卷调查，邀请群众谈谈自己的看法和意见，允不允许小摊贩们存在，”于泳波告诉记者，“拿到调查统计数据时我们大吃一惊，98%的群众意见认为小摊贩的存在是有意义的，可以带动人流量，但需要规范管理。”

从2008年4月份开始，经过摸底和民意调查，再经过街道、社区和执法部门的数次集体讨论，一项针对顺昌街的新政策——“定时定点”疏导小摊贩摆卖开始执行。

实效：投诉率急剧降低居民欢迎

从当时的被动管理到如今的“定时定点”、“就地管理”，社区负责人刘平辉认为这体现了很好的执法策略。所谓“定时定点”，是指街道执法部门和社区联合划定固定的摆卖区域，时间则固定为每天18时至凌晨2时；而“就地管理”，则是将日常管理交由社区进行，执法部门则进行随机巡查和相关指导，同时一定时期内还会联合卫生监督等部门进行检查。

据悉，平湖执法部门创新的这项工作，使得乱摆卖现象得到了有效的控制。在统一规范管理的试点工作中，他们首先划出一定范围，统一规划、分门别类，分时段供商贩摆卖经营，然后多管齐下，由社区全权负责对顺昌街夜市的管理，对夜市经营区和摊位重新进行了科学划分和规划，严把准入关，严格控制摊档转包经营；社区派驻治安队员驻点巡逻、维护秩序，防止治安等案件发生。同时，还对夜市实行定期保洁，街道城管部门配合对夜市路面进行洒水冲洗保洁；交警部门在夜市营业期间于两端设置提示牌及路障，并对途经夜市车辆绕道分流予以指引。

实施这项疏导政策究竟有何反响？刘平辉乐呵呵地用了“两个意想不到”来回答：“一是许多摊贩主动接受管理和服务，另一个是周边经营者对此表示热烈欢迎。”据他介绍，这样“有序的疏导”让居民也深感满意，原来乱摆卖导致周边群众连连投诉，而实施疏导后投诉率接近为零了。

时过两年，在龙岗区相关部门的指导下，在平湖街道党工委、办事处的高度重视下，平湖街道综合执法工作在探索和思考中走过。而在2008年，该街道执法队在年底综合考核中，一举获得龙岗全区13个街道执法队综合考评第一的成绩，一支文明而有战斗力的队伍已经形成，综合执法工作取得了显著成效。

据了解，平湖街道执法队全面履行综合执法职能，强调强化队伍的正规化建设。2008年全年共立案处罚573宗，结案565宗，结案率达98.6%；罚款金额达2184009.37元；查处各类无证照场所1617家，取缔无证诊所、药店149家，清理乱摆卖24252宗；共受理投诉案件1895宗，回复率达100%；拆除永久性建筑56栋，拆除临时性乱搭建约185029平方米。难得的是，该街道执法部门2008年召开案件审理会7次，所处罚案件无一宗提起行政复议或行政诉讼。

【评论】

城管创新需“先行先试”的勇气

长期以来，城管部门的骂名不绝于耳，围绕城管体制改革甚至存废的讨论也不时进行，每当冲突事件发生后，都极易激起公众心中不平和社会舆论的强烈反弹。往往由一个地方事件发端，经网民在网络传播后，演变成全局性话题，激愤者有之，讨伐者有之，可谓热议纷纷、群情汹涌。

然而，对于城市管理的制度性反思，可能需要从更长时间来考察。在中国当前迅猛的城市化进程与社会转型期间，各种政策制度赋予城市管理部门的各种任务，于城市管理行政执法人员而言，实则是不能承受之重。“往往是别的职能部门管不了、不好管的东西，就一举推给了我们，我们只得硬着头皮去做”，龙岗区平湖街道一位执法部门负责人向记者道出实际管理中的情形。

“目前城市管理中的矛盾，很多是中国处于社会转型时期必然出现的矛盾，从某种意义上讲，它是城乡二元结构、贫富差距、企业改革、下岗失业等矛盾在城市管理中的集中体现，而这些问题的解决，远远超出了城市管理的职权范围，”中央民族大学法学院教授熊文钊认为，“所以，作为城市管理部门本身不可能在根本上解决这些矛盾，但是城市管理对这些矛盾的疏导与缓解作用是不可否定和替代的。”

在这一背景下的城市管理创新，既显必要和迫切，又堪为难得和可贵。观察龙岗区平湖街道的几项创新：事先发出“温馨提示”的前置执法模式，这些心怀亲和、仁爱的实践，是文明执法、人性化执法的自觉摸索；“综合执法进社区”工作的推进，则是城市管理重任下的新思路，综合执法力量真正“下沉”到基层，做到贴近民身，才能贴近民心；疏堵结合解决小摊贩乱摆卖，则是现实生活中的决策智慧之举，最终使得多方共赢、和谐共存。

平湖街道的此番实践，在现实操作层面取得明显效果的背后，给予城市管理创新的思考和启示则是：它需要自觉地探索，需要善于发现问题、解决问题的科学精神；它更需要敢闯敢试的勇气，打破平静的决策勇气至关重要。

在全省上下贯彻实施《珠江三角洲地区改革发展规划纲要》的当前，“科学发展、先行先试”这一贯穿《纲要》的红线，正是国家给予珠三角新时期改革发展的“尚方宝剑”。龙岗区区长张备近日在针对“提出问题的多，解决问题的少”这一现象时，也对公职人员提出“敢做”、“敢闯”、“敢试”的要求。由此看来，“先行先试”对于城市管理者而言，意味着智慧，也意味着勇气。

（刊发于2009年3月31日《南方日报》C02版）

7．有心得友情：拉面馆搬迁启示

“人情归人情，法理归法理”。

在城市化浪潮中，旧城改造、城市更新、公共设施建设的诸多工作，均关涉“拆迁”二字。在拆迁恶性事件并不鲜见、不少拆迁工作影响和谐稳定的当前，如何在保障公共设施建设与合理合法合情进行拆迁工作之间取得平衡，是极度考验各级部门智慧与能力水平的。

由于龙岗土地资源已经较为匮乏，城市的发展多依靠城市的二次开发，而城市的二次开发，其中重要一环便是依靠遍布各街道的城市更新项目。

以龙岗区平湖街道为例。有数据显示，作为深圳市规划的平湖高端新兴（金融）产业基地及相关重大项目，自土地征收工作开展至今，该街道各土地整备及房屋征收项目已签约补偿协议的房屋共计3264栋107.95万平方米（其中永久性建筑1554栋95.17万平方米，临时性建筑1710栋12.78万平方米），涉及补偿资金约29亿元。

位于平湖平吉大道的马哈比力拉面馆的谈判、搬迁拆除工作，进入了我们的关注视野。从该面馆的征收工作开展至今，平湖街道办领导和土地征收拆迁部门与拉面馆进行了许多次协商谈判，但均未就补偿事宜达成一致。前不久，在已经启动强制执行的该事件中，拉面馆在最后一刻顺利签约，这既节省了大量行政成本，又让多方最终取得了共赢。

针对马哈比力拉面馆和谐搬迁的前后变化、来龙去脉，记者进行了调查采访。基于法理与人情二者关系的准确把握，基层领导干部主动参与谈判，真情实意感化搬迁群体，正是深圳市龙岗区平湖街道这一案例最终取得成功的原因所在，这也给当前拆迁工作、基层干部作风与工作思路等带来新的启示。

“最后一次努力”

当天他们带去的除了早已准备好的双方协议，两天之后的强制拆除行动工作方案也带到了谈判现场。

“作最后一次努力吧！”

6月6日17时多，深圳市龙岗区平湖街道征收事务中心主要负责人廖锦华，与另外两名工作人员一道走出了办公室——他们要为拉面馆的谈判签约作最后一次努力。

就在几个小时前，廖锦华所在的街道，按照有关规定安排，对马哈比力拉面馆召开了协助法院实施强制搬迁工作协调会，就强制执行行动进行最后的部署——两天之后将进行强制执行手段。

“当时出门时，我心里大约有60%的肯定，毕竟大家彼此之间的心理差距渐渐变小了”，廖锦华事后告诉记者。

从征收事务中心到平吉大道马哈比力拉面馆所在的位置，有10余分钟的车程。

驻点律师方金玉是一位80后的女律师，也参与和见证了这“最后一次努力”的全过程。“他们有礼貌，很和气，他们并不是不讲理的那种人”，方金玉对记者如此形容着拉面馆里马哈比力的亲人和朋友员工。

“我们刚刚去到拉面馆的时候，店里并没有别的顾客，马哈比力的父亲和几位亲戚员工在门口嗑瓜子，一见我们来了就赶紧让座”，方金玉告诉记者。“一个那么有礼貌的人，应该不会不理解拆迁工作”，方金玉当时心里这样想着。

因为时近18时，马哈比力的父亲很热情地走出来，并且还问大家饿不饿，要不要在他们店里吃饭。“他们人是挺好的，”方金玉对记者描述着自己当时的感受，对于搬迁难题，“我们当时还是希望他们以合作的方式

城市更新改变平湖。

解决。”

征收事务中心将两天之后的强制执行工作方案都给老人家看了。“我们作了充分的准备，即便要强制执行，我们也一定要提前先告知他们”，廖锦华告诉记者。因此，当天他们带去的除了早已准备好的双方协议，两天之后的强制拆除行动工作方案也带到了谈判现场。

“和马哈比力的父亲聊了一会儿，大约几分钟的样子，老人家回到屋子里呆了一会儿再出来，然后我们问他考虑得怎么样了，他们还是希望能将补偿款加一加，我们再一次告诉他规定的标准都是相同的；他们希望能迅速给他钱，我们也表示没问题，然后老人家就把协议签了下来”，方金玉向记者介绍着当时成功签约时的情形。

“大家都长舒了一口气”，方金玉告诉记者。廖锦华迅速拿起手机向街道领导报告了这一案例的最新进展。

这时，时针指向18时10分。廖锦华他们的谈判小组从到来至结束，前后约40分钟。

“我们还是朋友”

街道的“一把手”出面商谈，并与拉面馆老板做成了朋友。直到现在，街道书记手机上还存着一个叫“马哈比力朋友”的电话，这些是拉面馆和谐搬迁过程中的重要片段。

6月6日，在龙岗区平湖街道召开的协助法院实施强制搬迁工作协调会上，廖锦华向平湖街道党工委书记黄惠波请示“再去拉面馆谈一次”，黄惠波非常赞成，并请廖锦华捎上一句话：“如果这事圆满解决的话，我们还是朋友；如果这是要强拆，我以后就不敢交你这个朋友了。”

征收事务中心的多位工作人员认为，这句话对顺利签约起着难以具体估量的作用。事实上，在拉面馆的和谐搬迁上，平湖街道党工委书记黄惠波等街道领导采取了一种不同寻常的态度和方式。

与往常工作人员约搬迁业主谈判的“叫上来”做法不同，平湖街道领导采取了“走下去”的方式——走到拉面馆里去。街道征收事务中心负责人告诉记者，面对拉面馆的搬迁难题，黄惠波“两周去了三次”。

第一次见到黄惠波来到自己的拉面馆，马哈比力的老父亲刚开始有些不相信。“他老是问我是不是平湖的‘一把手’，我说‘如假包换’”，黄惠波事后回忆笑着如此说道。在第一次见面的时候，黄惠波就把自己的手机号码告诉了老人家，由于老人家不会用手机，他又将自己的号码告诉了老人家的另一位亲戚，同时在自己手机里存下了老人家亲戚的联系方式。

富有人情味的是，黄惠波在第一次去拉面馆的时候，特意带去了给小孩子的礼物。“我真的没想到，书记居然还带上了大白兔奶糖和一些玩具”，同行的征收事务中心负责人廖锦华事后对记者感慨说。

有心换有情。面对黄惠波一行的到来，拉面馆也很是热情，盛情之下是满满的一桌饭菜，大家边吃边聊，也会谈谈搬迁工作。虽然是满满一桌饭菜，但黄惠波认为不能辜负老人家的盛情，要求随行的几位工作人员一道，“不能剩饭菜，都要吃完”。

“我感觉吃完这满满的一碗面，事情会搞定了！”从拉面馆回来后，一位工作人员兴奋地对黄惠波说道。

记者在采访中还得知了一个细节。在黄惠波一行人首次来到拉面馆时，老人家端出用来款待贵宾的点心——白糖和龙眼干，这被黄惠波记在了心里；在第二次再去拉面馆的时候，黄惠波带去了100斤白糖和20斤龙眼干。

记者了解到，在拉面馆的搬迁难题上，黄惠波带领街道相关领导和工作人员去了拉面馆三次。最多时去了6个人，最少时只有2个人。

街道的“一把手”出面商谈，并与拉面馆老板做成了朋友。直到现在，在黄惠波的手机里，还存着一个电话号码，署名叫“马哈比力朋友”，经常在节假日，还能收到那个号码发来的祝福短信。

这些都是拉面馆和谐搬迁过程中的重要片段，也是最终促成拉面馆和谐搬迁的重要因素。

“新方向，新思路”

“虽然强制搬迁可以产生震慑作用，但真要那样，征收拆迁工作的对立面将会变得更大”。

这是一种“新的方向，一种新思路”。

对于此次拉面馆的和谐搬迁，平湖街道征收事务中心负责人廖锦华与驻点律师方金玉，不约而同地认为，这是当前拆迁工作的“新的方向，一种新思路”。

来平湖街道征收事务中心当驻点律师、法律顾问之前，方金玉在广东省龙昌律师事务所工作，而后由该所委派至平湖工作。从2009年8月份开始，她即将驻点3年整。

在驻点工作的3年里，方金玉很少出去参与直接谈判。据平湖街道征收事务中心副主任王再福介绍，他们中心主要分为综合事务室、政策法规室、督查与统计室、拆除及资产处理室、外业服务室，其中外业服务室下设3个项目组，包括金融基地土地整备组、鹅公岭土地整备组和公共设施项目组。与马哈比力拉面馆等搬迁、拆迁户直接谈判的，就是外业服务室。

“我们明确了工作思路，以市政道路建设项目征收工作为重点，继续大力推进金融基地和鹅公岭土地整备项目征收工作，”王再福告诉记者，马哈比力拉面馆所在的平吉大道，就是平湖片区内重要的道路建设项目，“计划今年底平吉大道一定要通车，因为目前的平湖交通遭遇阵痛期，上下班车堵得厉害，没有半个小时出不了平湖。”

据介绍，马哈比力拉面馆总建筑面积1768平方米，权利人为松兴实业公司，该公司将房屋出租给了钟某，钟某又将其转租给了马哈比力用来经营拉面馆。2010年12月31日，因平吉大道的建设需要，平湖街道房屋征收办与松兴实业公司及承租人钟某签订了房屋拆迁补偿安置协议，马哈比力则因拆迁补偿问题拒绝搬迁。2012年1月，在龙岗区人民法院作出判决并要求马哈比力将商铺返还给原告钟某后，马哈比力不同意履行交还房屋义务，龙岗区人民法院决定依法对马哈比力实施司法强制搬迁。

对于拉面馆此前的沟通、协调的全历程，廖锦华记忆犹新。“从2009年开始，前后三拨工作人员与拉面馆进行过商谈，4个组的副组长与其谈过”，廖锦华告诉记者，在长达数年的沟通中，我们也得知了拉面馆的具体难处：一是其家庭的确贫困，二是据他们说经营该拉面馆时交纳了一笔数额不菲的转让费。

“拉面馆很配合，但就是在补偿价钱上大家谈不拢”，曾负责与拉面馆谈判的现平湖街道城市更新办副主任刘伟强告诉记者，从2011年头开始谈，到7月份的半年时间内，他们双方商谈“没有十次，也有八次”，但依然无果。

“尽最大的努力来协商”，成为平湖街道解决这一难题的原则。

“无论是谁，我们最终都不愿意出现强拆的场面，”方金玉告诉记者，“虽然强制搬迁可以产生震慑作用，但真要那样，征收拆迁工作的对立面将会变得更大。”

（刊发于2012年7月4日《南方日报》AⅢ02版）